女同士とかありえないでしょと言い張る女の子を
百日間で徹底的に落とす百合のお話
ARIOTO
onnadoushitoka ARIENAIDESYO to iiharuonnanoko wo hyakunichikan de TETTEITEKINI otosu yuri no ohanashi
5

また一年
みんなよろしくね。
うん、よろしく。
［ふわ あや］
不破 絢
［さかきばら まりか］
榊原鞠佳

［まつかわ ちさき］
松川知沙希
約1名、進級できるか疑ってたけどな。
？
誰だろ～？
まつか、か×め？
［みつみね ゆめ］
三峰悠愛
3年進級!!

ようこそ！　私たちのバー
Plante à feuillage へ!!
feuillage
AGEHA
SHIORI
KAREN

NANA
TOWA
MOMO
Elante

欲望と我慢の果てに…!?

目次
［もくじ］

ARIOTO

onnadoushiteka ARIENAIDESYO to iiharuonnanoko wa
hyakunichikan de TETTEITEKINI otosu
yuri no ohanashi

女同士とかありえないでしょと言い張る女の子を、百日間で徹底的に落とす百合のお話５

みかみてれん

GA文庫

カバー・口絵　本文イラスト
繇

プロローグ

いくらなんでもこれは……ありえなくない……？

あたしはベッドの上、裸で正座させられてた。

クラスの明るい人気者で、大勢のファンを持つ榊原鞠佳《さかきばらまりか》ちゃんが、あまりにも屈辱《くつじょく》にまみれた姿を強《し》いられてるなんて、信じられない……。夢であってほしい。

こんな格好、ドライヤーをかけるの忘れて寝た翌朝の髪よりも、誰にも見せられるわけないんだけど、しかし目の前にはひとりの美少女が立ってた。

細い腰に手を当てて、仁王立《におうだ》ちの絢《あや》だ。

「鞠佳。どういうこと、説明して」

均整の取れたプロポーションを惜しげもなくさらしながら、下着姿のカノジョが怖い顔で睨《にら》んでくる。あたしは「いや、だから……」と口をもごもご動かす。

絢は小さくかぶりを振って、口惜しそうにつぶやいた。

「うわきだよ、これは……」

「ちがくない⁉」

あたしはめっちゃ首を横に振る。あまりにも理不尽《りふじん》な言いがかりだ！

まったくもう……どうしてこんなことになってしまったのか……！


時は少し遡《さかのぼ》り、学校帰りの我が家。

テーブルの上には、プリントが二枚。

それぞれ、榊原鞠佳、それに不破《ふわ》絢、と名前が記載されてる。

「進路希望かあ」

あたしはテーブルに頬杖《ほおづえ》をついて、その紙に視線を落とした。

「なんかいよいよ三年生、って感じだよねえ」

春めいた陽気に、あたしはあくびを噛《か》み殺《ころ》す。寒さが大のニガテであるあたしにとって春は救いの季節であり、一方では最も憎々《にくにく》しい時期でもある。

そう、花粉症だ。

涙でアイメイクが崩れるわ、マスクでリップ意味なくなるわ、鼻をかんだりしたら一撃でベースメイクが落ちてしまうわで、ほんとに困《こま》る。なんかもう、世界中からすべての緑がなくなっちゃえばいいのに、とさえ思ったりする。

お医者さんに処方してもらった薬でどうにかこうにか過ごしてるけど、今度はどうしても眠気が油シミみたいにへばりつく。副作用が少なめのやつを飲んでるはずなんだけどさ……。

　というわけで、きょうみたいに晴《は》れ晴《ば》れとした日は、一日中ぽけーっとしてしまうのだ。あたしはもう一度あくびをして、テーブルにもたれかかった。だるい。このまま寝れそう。

「鞠佳って花粉症《かふんしょう》だったんだね」

　穏《おだ》やかな春の日差《ひざ》しみたいな絢の声。

「まあねー……。お父さんもそうだから、遺伝なのかなー……」

「でも去年の春とか、学校ではいつもどおりだったよね」

　そのとおり。ふっ、と口元だけで笑みを作る。

「春は覇権争《はけんあらそ》いの季節でもあるから……。そりゃ学校じゃ気合入れてポジション確保の戦いに挑むってもんよ……」

　クラスの序列っていうのは、一ヶ月も経《た》たないうちに決まってしまう。いくら『花粉症だから』なんて言い訳したところで、出会いの季節は手加減しちゃくれない。アウェイの試合だって、結果がすべての厳しい世界だ。

　休み時間とかはまだマシなんだけど、きっついのは授業中で、しかも前の方の席になると最悪。こそこそ居眠りするわけにもいかないから、まじで拷問。あたしがカフェオレとかのカフェイン飲料を飲むようになったきっかけも、授業中を耐《た》え忍《しの》ぶためだった。

　でも、やっぱ第一印象って大事だから……。

「榊原鞠佳ちゃんは学校が好きで、みんなの人気者で、いつも元気で明るく振る舞う笑顔のじょしこーせーだけど、その水面下では一生懸命、足をバタバタさせてるのだ……」

ただ、今年はある程度、地位の固まった三年生っていうこともあり、クラス替えはあったけどそこまでがんばらなくてもいいっかなって、割と気を抜いてたりするんだけどね。

「りっぱな白鳥《はくちょう》だね、鞠佳は」

適当な言葉に、適当な言葉が返ってきた。ぽんぽんと頭を撫《な》でられる。

薄目を開いて見上げる。ペンを握った絢は本日も変わりなく、年がら年中、ため息をつきたくなるぐらいの美少女である。

花粉症で弱ってるあたしは、完全に逆恨《さかうら》みなんだけど、嫌味《いやみ》のひとつだって言ってしまいたくなる。

「女の子には、ア、ア、アベレージってもんがあるんだよ」

「あべれーじ」

「そう。この日はメイク盛れたな〜、とか。前髪、神角度にキマったじゃん、とか。その一方で、うっわ超むくんでる……とか、眉毛《まゆげ》うまくいかなすぎてしんどい……とか、そういうね。誰《だれ》にだってあるんだよ。みんな自己申告しないだけで、思いながら生きてるの」

あたしに関しては、花粉症の時期はもちろんアベレージが低いので、あんまり絢に顔を見られたくない……。

という複雑なオトメゴコロを、絢が笑顔で一蹴《いっしゅう》した。

「鞠佳にはないよ。常時かわいい」

「あるんだよ！」

身を起こしたあたしは、顔を片手で隠しながら叫《さけ》ぶ。

「それはあたしの細かいメイクの出来とか、コンディションとか関係なく、最初から『鞠佳はかわいい』って結論ありきの話でしょ⁉　そういうことを言ってるんじゃないの！」

「そんなことないよ。あ、きょうアイメイクあんまりだな、時間なかったのかな、かわいいなー、って思ったりするよ」

「そんなことなくないじゃん⁉　なんでもいいじゃんそれ⁉」

そう、絢は見てる。平均より目ざといはずのあたしがびっくりするぐらい見てくる。さっき言ってた『去年の春とかいつもどおりだったよね？』発言にしてもそうだ。その頃《ころ》は別に知り合いでもなんでもなかったはずなのに、あたしのことだととにかく事細かに覚えてる。

「……ちなみに、あたしが昨日つけてたリップの色は？」

「シアーのピュアピンク。その前はマットタイプのルージュ。その前はジェルでたぶんレッド系のパール入ってるやつ。その前は」

「見すぎだよ！」

言うまでもなく鞠佳ちゃんクイズは全問正解だ。

もしかしたらあたし以上にあたしに詳《くわ》しいかもしれない。他の人の服装とかに関しては、

『服……着てたっけ』とか言い出すくせに。

「つまり、人間にはアベレージがあるっていう話で！」

あたしがなにを言いたいのかわからないみたいに、絢は小首を傾《かし》げた。

なんかお互い褒《ほ》め合うみたいになって、すごいヤなんだけど……ようするに、絢はいつでもどんなときでもパーフェクトに完成された美少女なのが、納得いかない！　という話だ。

もしかしたら、絢の中では点数が推移してるのかもしれないけど。そう、例えば100点満点中、常人には及《およ》びもつかないような120点から130点の間、とかで……。

不破絢は、スマホの通常版が発売された後に発表された限定新色みたいに、人の目を惹《ひ》く女だ。成績優秀で、運動神経も一級品。そして見た目は超一級品っていう、とんでもないやつ。

存在自体が鮮《あざ》やかっていうか、いつも絢の周囲だけがぽわっと輝いてる気がする。

明るく長い髪は艶《つや》めいてサラサラ。もしあたしが美容師だったら、え、この完璧《かんぺき》な髪にハサミを入れなきゃいけないの……？　って、めちゃくちゃ尻込《しりご》みしてしまうだろう。

ラメがちりばめられたみたいに輝く瞳《ひとみ》は、プラチナよりも美麗で、仔猫《こねこ》のようにかわいらしい。相反する印象を同時に与えてきて、なおかつそれが魅力に繋《つな》がってるのが、この不破絢ってやつの特徴だ。

横顔は一見《いっけん》すると冷たそうに見えるのに、ちょっと目を細めて笑うだけで、ぬいぐるみみたいな愛嬌《あいきょう》がわいてくる。スタイルがよくて毅然《きぜん》としたその姿勢は威圧感すら覚えてしまうのに、口を開けば、花びらが舞うような甘く優しい声。そんなギャップずるくない？

あたしはそんな120点の美少女、不破絢と付き合って、そろそろ九ヶ月ぐらい経つ。

でも、初めて付き合った相手が絢って、もうだめな気がする。これから先、どんな女の子と付き合ったとしても、欠点だけが見えてしまうかもしれない。

ま、別れないからいいんだけどね！

「絢は、『きょう顔ブスすぎてつらい……』とか、そういう日ないの？」

「あるけど」

「あるなよ！　そんな顔面しておいて何様だよ！」

「聞かれたからこたえただけなのに、なんで怒るの……」

怒ってないよ、ひがんでんだよ。

「ないって言って。ほら『あやはいつも美人だからねー』って。庶民《しょみん》には夢を見せなさい」

「やだよそんな、ばかっぽい」

「さん、に、いち、はい！」

絢は嫌そうな顔でつぶやいた。

「…………おもったことないよ。私はいつも美人だし、どんなタイミング、どんな角度で自分を見たって、かんぺきだから。世の中の人はそんなふうに思っているんだ？　たいへんだね」

実際に言わせてみると、これはこれでムカついた。

絢のほっぺを、ふにふにと突っつく。

「この、このぉ」

「なんなの……」

まあ、理不尽に絢を困らせてちょっと眠気も晴れたので、現実《プリント》に向き直るとするか……。

「あーあ、進路希望かあ。どうしよっかなぁ」

「鞠佳は進学希望だよね」

「一応ね」

といっても、まだぜんぜんなにも決めてない。

焼き上げる前のパンケーキの生地《きじ》みたいな考えを、口に出す。

「ウェディングプランナー系の専門学校に通うのもいいかなーとは思ったんだけど、お母さんに話してみたら、今のブライダル業界はかなり狭き門だっていうし。だったら普通に経済学部とか観光学部を選んで、勉強しながら資格取って業界狙《ねら》った方がよさげかなー、とかさ」

ぺらぺら喋《しゃべ》ったあとで絢の顔を見ると、ぽかんとしてた。

「え、なに?」

「あ、いや」

絢が目をそらす。

「なんだか、すごくちゃんとしてたから、びっくりして」

「あはは、なんも考えてなさそうだった?」

「ううん、そうじゃないの」

なんか意地悪な聞き方になっちゃった。ごめんごめん。

「いやーでもね、ブライダル業界とかもただの思いつきだし、狙うならそういうルートかなーって考えてるだけだからなあ」

「ううん、いいと思う。すごくいい」

「そ、そお?」

「うん、向いてるよ」

絢が真剣にうなずくから、こっちだってその気になってきちゃう。

そもそもウェディングプランナーなんて、前に知沙希《ちさき》と悠愛《ゆめ》の間を取り持ったときに閃《ひらめ》いただけだったのに。でも、向いてるって言ってもらえるのは、なんか、素直に嬉《うれ》しいな。

「鞠佳って、ちゃんとお母さんにそういう話、するんだね」

「え? だってお父さんは単身赴任で、ほとんど家に帰ってこないし」

「ああ、うん」

「なんか、絢と付き合ってるって言ってから、やたらとお金とか就職先の話とかされるんだよね……。真剣に心配してくれてるのはわかるんだけどさあ。どうやら、高校在学中にあたしの無駄遣《むだづか》いを矯正《きょうせい》しようと思ってるらしく……」

絢がくすくすと笑った。

「いいことだね」

「100万円貯金してた絢さんなら、そう言うでしょうね、ええ」

あたしだって別に、無駄に使ってるわけじゃないんだよ。そのときそのときは必要だから、お金を払ってるのであって……。くっ、よく聞く無駄遣いの言い訳だなこれ。

「ま、そんなんでさ、知沙希と悠愛が式を挙《あ》げるときには、あたしがばっちりとプランニングしてやるぜ、ってなわけ。あ、ていうかていうか、女同士専門のウェディングプランナーとか、これからめっちゃ需要あるんじゃない？　どうかな？」

「……な、なんですか」

思いついたことをそのまんま口にすると、絢はまたしても笑った。小さな女の子みたいな、無垢《むく》で愛らしい笑顔だった。ドキッとしてしまう。

「ううん。ただ、この子が一年前までは『女どーしとかありえないから！』とか言ってたんだなって思い出して、きゅんとしちゃった」

「自分が人に影響されやすいってことぐらい、自覚してますからね！」

恥《は》ずかしくなったので、プリントの空き欄をがーっと埋めることにした。

とりあえず、適当な大学の名前を第三希望まで書き込んで、これでおしまい。顔をあげる。

絢のプリントは、まだ白紙だった。

「そういや、絢は？」

「んー……ちょっと、なやんでる」

「そうなの？　え、進学か就職かも決まってないの？」

「うん」

絢はぼんやりと窓のほうを眺めてた。

なんだろ、絢。あたしはちょっと心配になって、どう声をかけようか悩む。思いつく前に、絢が口を開いた。

「きっと、鞠佳に結婚式をプランしてもらえる人は、幸せだよ。鞠佳はひとの気持ちによりそえるし、ひとを楽しませるのが大好きだから」

「……ってそれ、またあたしの話じゃん」

絢の視線の先を、目で追いかける。

平日の夕方、放課後のあたしの部屋。日差しが差し込んで、舞うほこりがキラキラと輝いてるだけの光景だけど、なんとなく絢の目には未来が映《うつ》ってるのかも、なんて思った。

「私がもし式を挙げるときがあったら、鞠佳に考えてほしいなって、おもうから」

「え？　ふたりで決めようよ」

反射的にそう言うと、絢がびっくりした顔。

ちょっとの間、見つめ合う。絢の頬《ほお》がわずかに赤い。

あたしは小さく「あ」と声をあげた。

「いや、あの、今のはつまり、ええと……プロポーズとかでは、別にないんですが……」

「鞠佳」

絢がペンを置いて、あたしの隣にやってくる。

うっ……。ふとももの上に手を乗せられる。心臓の鼓動がドキドキと高まる。

「だから、その、ふたりで、決めようよ。式場とか、ドレスとか……。あたし、いちばんすごい、最高の式を挙げられるように、いっぱい勉強しておくからさ」

たじたじになりながらも、ちゃんと言い切る。リアクションを待つよりも先に、自分から距離を埋めて、絢の唇に唇を押しつけた。柔《やわ》らかい感触。

ぱちっと目を開いて、微笑《ほほえ》みかける。

「ね」

絢の目には、ハートのマークが浮かんでるような気がした。

「……うん」

以前なら、こういう雰囲気《ふんいき》になると、すぐにがばっと押し倒されてたけど、バレンタインデーのあとぐらいからかな。絢はちょっと変わった。

絢があたしのアプローチをちょっと待つようになった。

透き通るような潤《うる》んだ瞳は、おねだりしているみたい。次はなにをしてもらえるんだろう、どういうふうにきもちよくしてくれるんだろう、って。従順な顔で。

それは、こう、なんというか……。

正直、めちゃめちゃキュンキュンする。

絢のことが、かわいくて仕方ない。

「あ……」

「……♡」

ひんやりとした頰に手を当てて、今度はさらに深くキスをする。

唇の間を舌で突くと、迎え入れるみたいに絢が口を開く。割って入れた舌を、絢の舌が包み込んでくる。ふたつの粘膜《ねんまく》を絡《から》み合《あ》わせて、柔らかな感触を存分に味わう。

どんどんと唾液《だえき》があふれてくる。どちらがどちらのものかわからなくなるほど混ざったそれを、キスをするのと一緒に飲み込んでゆく。絢の白い喉《のど》が小さく動くさまが、やたらと色っぽかった。

絢の口の端からこぼれた液体を指で拭《ぬぐ》ってあげて、少し、体を離す。

「ね、制服にたれちゃうから……。ほら、脱ご」

「うん……そうする」

あたしは素直な絢の制服を剝《は》いでゆく。ブラまで取ったところで、今度はあたしが脱がされる番。絢の長い指がときどきあたしの素肌に当たって、気持ちの高ぶったあたしはそれだけで声が出てしまいそうになる。

お互い、上半身は裸。下もショーツだけになって、あたしのベッドに並んで寝そべる。ふれる恋人の柔肌《やわはだ》の感触は、シーツなんかよりずっときもちいい。

隣り合ったまま、何度もキスをする。

触れるようなキスは、唇の柔らかさだけを感じられて、自分がたおやかな女の子に恋をしてるんだってことがすっごくわかる。

舌先がぶつかり合うキスは、とろとろの粘膜を舐《な》めるのがきもちいい。舌をいっぱい使って、お互いの舌を夢中で絡めるキスは、むさぼるようなその感覚に、頭が真っ白になっていって、とても深いところで繋がってられるような気がした。

鼻の頭同士をキスさせながら、あたしは笑う。

「やっぱりあたし、無駄遣い直さなくっちゃ」

「……どうして?」

「だって、絢と挙げる結婚式に、ぜったい妥協したくないもん」

「あ」

絢の瞳の奥で、恋のつぼみが一気に花開いたような気がした。

「鞠佳、すき、だいすきっ」

「おわっ」

強くぎゅっと抱きしめられて、絢のかわいさを堪能できるボーナスタイムはおしまい。それからはずっと、絢のペースになっちゃうのだった。

あたしの上にまたがった絢が、体を折って、胸元《むなもと》にキスの雫《しずく》を降らせてくる。

「鞠佳、好き、好きだよ……愛してる……」

「うん、あたしも、大好き……ぃ」

絢の唇が胸の先端をちゅっちゅと吸う。舌で優しく舐め転がされて、そのたびに足の指に力が入って、きゅっと目をつむる。

切なさは一箇所だけじゃない。ひとつの場所を責められたって、いろんなところが繋がってる。胸をいじってもらってるだけなのに、ふとももはぷるぷる震えるし、背筋がぞくぞくってして、腰が自然に動いてしまう。

身体《からだ》の反応だけじゃない。心だってそうだ。絢にしてもらってると、優しくしてほしいし、強くしてほしくなる。してあげたくなるし、気持ちよくなくても裸でただ抱き合っていたくなるし、ずっとずっとあたしだけを気持ちよくしてほしくなる。

どれがほんとのあたしの望みなのかわからなくなって、結局、ぜんぶがほしい。

指先が、あたしの身体の上を躍ってる。片方の手はあたしの胸を執拗《しつよう》に責めてる中、もう片方で首筋をこすられ、頭を撫でられ、唇を弄《もてあそ》ばれる。

「あやぁ……好きぃ……」

　とろんとした眼差《まなざ》しで見上げる絢の裸体《らたい》は、女でも惚《ほ》れ惚《ぼ》れするような美しさだ。制服の中に封じられてた瑞々《みずみず》しさに、感嘆のため息が漏《も》れる。

「大好き、絢……ずっと、ずっと、ずっと一緒に、いよ……？」

「うん、いっしょだよ、鞠佳……。ほら、いい子だね、鞠佳」

「あ……っ」

　絢があたしの頭を抱きしめてきた。真っ白な肉で視界が塞《ふさ》がれて、あたしの身体が絢に覆《おお》われる。世界一きもちいい牢獄《ろうごく》みたいだ。

　激しいキスの嵐《あらし》を浴びて、あたしは絢にしがみつく。きれいな身体に、荒々しく指の痕《あと》をつけてゆく。

　心の領域に、前触れもなく、ぽっと黒い炎が灯《とも》る。

「好き、好き、好きっ……」

　あたしの絢。あたしの絢だ。

　この身体は、あたしのだから。他の誰にも、あげない。

　ずっと、あたしだけの、絢なんだ。

　思わず、短い爪《つめ》を立てる。絢のすべてを奪いつくしてしまうかのように。

　燃え上がった感情に、あたしは戸惑った。

　今、どうしてこんなにも、絢に乱暴な気持ちを抱いてしまったのだろうか。

「……まりか?」

あたしの小さな表情の変化を感じ取ったのか、額をくっつけた絢が小声で問いかけてくる。ハッとする。

「あ、ごめんっ、あの、そんなことするつもりじゃなくて、爪、痛かったよね?」

「ううん」

絢はまるで幼児にくすぐられたみたいに笑う。

「ちょっとぐらい強くされても、私はへいきだよ。鞠佳をたくさん感じられて、うれしい。鞠佳だって、そういう風にされるの、好きだよね」

「え? あたしは」

生まれたばかりの感情の正体がわからなくて瞳を揺らすあたしに、絢が微笑みかけてくる。

「ほら、いっぱい強くしてあげる。愛してあげる、鞠佳のこと」

絢のゆびがショーツの中に入ってきた。あたしの感情が一瞬で翻《ひるがえ》る。

「やっあっ、あっ、あやっ」

もう何度も絢とえっちしてるはずなのに、この瞬間はいつまでも慣れない。普通に生きてたら味わえないような期待と恐怖と抵抗感が、とぷとぷとあふれてくる。

「ねっ、あ、絢、さいしょは、やさしく、やさしくね……?」

不安で媚《こ》びるようにおねだりするあたしに、絢が体勢を変えながら微笑む。

「ん……いいよ、鞠佳。優しくね」

絢は意地悪しないで、ちゃんと優しくしてくれた。フェザータッチみたいなやつで、すりすりと表面をこすってくる。着衣の上からお湯を注《そそ》がれたような気持ち悪さときもちよさが一緒にやってきて、やがてぜんぶがきもちよさへと変わってゆく。

「あ、すき……それ、すき、あや……」

「ゆっくりしてあげるからね。やさしく、やさしく、鞠佳がこわくないようにね」

「うん、うん……うん……。あぁっ……好き、絢、好きぃ……」

その間も、何度も唇をついばまれる。痛いほど激しいのも好きだけど、こんな風に身体が溶けてなくなっちゃうぐらいデリケートにしてもらうのも、大好き。

愛してもらってるんだって、心の底から実感できる。

絢の指先が動くたびに、四肢のリモコンを奪われたみたいに、ぴくぴく反応してしまう。じっとあたしのことを見つめてくれる絢。目が合うと、慈《いつく》しむように頬を緩《ゆる》めた。その余裕げな態度に、あたしの心がぶるっと揺れ動く。

衝動に突き動かされて、いっぱいに手を伸ばす。中指を届かせて、絢の下着の上から、デリケートなラインをなぞる。

「んぅっ」

突然の攻撃にびっくりした絢が声をあげて、すぐに恥ずかしそうに唇を結んだ。

「ま、まりか?」

「あたしも、したい……」

「い、いい、けど……」

ぜんぜんよくなさそうな火照《ほて》った顔で、絢が小さくうなずいた。

これまであたしから絢を責めたことは何度かあるけれど、してる最中に絢とふたりで気持ちよくなろうとするのは、ほとんどなかった。

絢は恥ずかしいと言って拒《こば》むし、あたしも自分が絢にしてもらうのが好きだから、今まではそれでよかった。なのだけど。

今は、どうしてかな。すごく絢にしてあげたい。

いつもされてるから逆襲、というわけではない。かといって、してもらってるお礼、というわけでもない。さっき感じたあの黒い炎に似てる。とにかく絢の感じてる顔が見たくて、絢のあられもない声が聞きたかった。

なんだか、ご飯を食べるだけじゃ満たされない、もうひとつの胃袋がおなかにできたような気分だった。

自分は優しくしてと言っておきながら、あたしはショーツに潜り込ませた指を、いっぱい動かした。

「んっ、んんっ……ま、まりかっ、ゆび、はげし……っ」

今までは無我夢中《むがむちゅう》だったから、どうすればもっと絢を気持ちよくさせることができるのかよくわからなかったけど、今度は違う。もっともっと、どこまでも絢に快楽を与えてあげたい。触れた絢のそこはすごく熱くて、あたしはもっともっとと絢を責め立てる。絢の可愛らしい声を聞きながら、今すぐにでも絢を絶頂《ぜっちょう》させるつもりで絢の理性を食い散らかす。

だけど。

「あっ！　あぁぁ……あ、あやっ、ちょ、ちょっとぉ……」

きもちよくされて身体に力が入ってしまったからか、絢の動きが途端《とたん》に激しくなった。や、それ、強いよ、絢。息が苦しくて、喉が絞まる。

アタマがきゅうきゅうして、なにも考えられなくなってゆく。

「どっ、どうして、そんなにぃ……や、やさしくして、っ、ってぇ……ぁぁん！」

「むりだよ、まりかっ……だ、だって、そんな、まりかが……んんんっ」

あたしは口を大きく開けてのけぞる。絢はぎゅっと奥歯を噛みしめながら背を丸めた。

酸素がぜんぜん足りなくて、空気を吸い込んでは、吐《は》き出すたびにいやらしい声をあげた。

いつしか、あたしも絢も向かい合って横になったまま、わずかに片足をあげてる。お互いの大事なところに手を伸ばして、こんなの、えっちのときしかしないような、ほんとにだめになっちゃう格好。

「あや、あや、あやぁっ！」

「まりか……まりかぁ……んんぅ……！」

お互い、相手にされたきもちいいことを、そのまま相手にお返ししてる。お互いを貪《むさぼ》るような行為の輪は循環して、ただひたすらに切なさが膨《ふく》れ上がってゆく。

爆発《ばくはつ》の時が先に訪れるのは、あたしのほうみたい。たぶん絢は、意地でもあたしより先には弾《はじ》けないつもりだろうって思った。

ああ、もう、秒読み寸前。

このままじゃ、やだ、だめ――。

「やだ、あや、あや、あたし、イっちゃっ」

「うん、うん、いいよ、まりか……っ、ほ、ほらぁ、きもち、きもちよく、なってっ」

その言葉とともに、あたしの全身が一気に緊張した。

きゅぅぅぅぅぅぅぅうと内側に向かって光が収縮してゆく。

直後、ぴかぴかぴかってまぶたの裏が何度も瞬いた。

あたしの意思とは裏腹に、腕に力が入った。かぶりつくように指が動いて、それは偶然にも絢のすごくいいところを刺激したみたいで。

「だ――だめっ、だめだめだめ……ま、まりかぁ、だめっ……！」

少し遅れて、絢の身体もあたしみたいに痙攣《けいれん》した。

びくびくびくびく、と何度も跳ねる。

お互いの指を伝って、お互いのきもちよさが流れ込んでくるかのようだった。

しばらくの間、はぁ、はぁ、という息遣いの音。どちらが息を切らせてるのかわからない。

あるいは、あたしたちはついにひとつになっちゃったのかも、なんて。

全身が脱力して、けだるい。わだかまった部屋の空気と、春の陽気に、このまま眠ってしまいそうになる。

うすく目を開く。

目の前には、汗に濡《ぬ》れた絢の顔があって、一瞬で頭が覚醒《かくせい》した。

絢は瞳を濡らして、唇から何度も荒い息をついてた。頬は燃え上がったように赤く、上下に動く胸から伝う汗は、絢の白い肌から抜けてゆく淫靡《いんび》な熱そのものだった。

あたしは、ぞくぞくぞくぞく、と背筋を震わせた。

「あや……かわいすぎ……」

このままの絢を箱に閉じ込めて、いつでもあたしだけが開封できるようにしたかった。

もうひとつの胃袋が、急速に満ちてゆくのを感じる。こんな気持ち、初めて。

「かわいすぎ、やば……かわいすぎだよ、絢……」

そのまま、ぎゅう、と絢を抱きしめる。絢はまだ戻ってきてないのか、耳元にかすかな呼吸音だけが聞こえてきて、そして。

「いたっ」

首筋に鈍い痛みが走った。絢が体を離す。どうやら噛みつかれたみたい。

恨みがましい目で見つめられた。

「鞠佳、私にはやさしくして、って言っておいて」

「ご、ごめん。でも！　絢、すっごくかわいかったよ！」

「……」

絢に背を向けられた。あ、絢⁉

「お、怒った？　ねえ、絢。ごめん、ごめんってば」

後ろからぎゅっと絢の背中を抱く。

「おこってないよ。はずかしくて、すねてるだけ」

「〜〜〜」

頭のてっぺんから爪先《つまさき》まで、なんかすごい衝動が駆け抜けていった。やばい。うちの子、世界一かわいいかもしれない。いや、知ってたつもりなんだけど。でもここまでとは。

付き合って一ヶ月か二ヶ月ぐらいで、絢のかわいい部分はもうぜんぶ食べ尽くしたつもりだった。けど、ぜんぜんだった。九ヶ月経ってなお、ドキドキで叫びたくなるぐらい絢はかわいい。次から次へと、どんどんかわいい部分が見つかる。

しかし今度は、黒い炎が悪さを始めた。

「へ、へえー、絢ってば、あたしにイカされたのが、そんなに恥ずかしいのー？　ね、どう？　あたしだって、絢のことを気持ちよくさせてあげられるでしょ？　絢ってば、あんなにかわいい声をあげちゃって、そんなに気持ちよかったんだよね」

もっともっと絢のかわいいところを見たいという欲望に突き動かされて、絢の胸を後ろから揉《も》みしだく。あたしよりも大きな胸が、手の中で柔らかくその形を変える。

「…………鞠佳」

あたしのあんまりにもデリカシーのない発言に、絢はもぞりと顔を動かしてこっちをにらんできた。

うわ、しまった、かな。ちょっと言いすぎた、かも。

謝るタイミングを窺《うかが》ってたところで、絢が身を起こす。逆光になって表情が見えない。低い声が突き刺さる。

「言っておくけど、鞠佳」

「う、うん」

絢が耳元に顔を近づけてきた。

手のひらを添《そ》えて、ささやいてくる。

「……とっても、きもちよかったよ」

あまりにも甘いその声に、あたしは顔どころか全身をぼっと熱くさせてしまう。

絢はそれを見て、ようやく溜飲《りゅういん》が下がったみたいに「ふふふ」と微笑んだ。

……こーゆーところは、かわいいけど、かわいくない。

「でも、珍しいね。鞠佳も責めたい気分だったの？」

「んー……わかんない」

あたしたちは手を繋いで、ベッドにそのまま裸で横になってた。

お部屋にはなんだかえっちのあとの匂《にお》いが漂ってるっぽいので、換気の代わりにアロマを焚《た》いてる。花粉症で窓を開けらんないので、せめて気分だけでも春めいたクランセージ。

「なんか、癖《くせ》になっちゃったのかも。前に、絢に手錠をかけて以来」

「ええ……」

「えー、て」

絢の頬にキスをする。

「ちょっとずつならいいんでしょ？」

バレンタインデーに失敗してから、その後にベッドの中で絢が話してくれたこと。

『急にはできないから、ちょっとずつなら』

ふたりの関係に絢も向き合ってくれたことが、あたしは嬉しかったんだもん。

絢は唇を尖《とが》らせた。

「きょうのは……ちょっとじゃなかった。いっぱいだった」

「あーはいはい、ごめんね絢、ごめんねごめんなさいでちゅねー」

頭を抱きしめて、撫で回す。

むー、という唸《うな》り声が腕の中から聞こえてきて、あたしはますます絢を困らせてしまいたくなってきて、自分の衝動をどうにかこうにか押さえつける。

やっぱりあたし、どこかヘンなのかもしれない。なんでこんな意地悪したい気分になっちゃうんだろ。春ってそういう季節なわけ？

他愛《たあい》のない話をして、そろそろ絢の帰る時間が近づいてきて。

絢が起き上がってショーツをはく。そんなときだった。

「鞠佳」

「うん？」

ベッドサイドに落ちてたなにかを、絢がつまみ上げる。

あたしは思わずぎょっとした。

「そ、それは」

保管用の小さなジップロックに入った、ピンク色の物体。

消しゴムで作られた小鳥みたいなデザインで、すべすべサラサラとした質感の、その……。

いや、特殊な見た目のものを選んだんだ。絢だって一見なにかわからないはずだ。

あたしは自然な笑顔を作った。

「あ、ああ、それはね、新作のアロマグッズで」

「なんでローターもってるの」

「…………………」

一撃で看破された。

ちなみにローターというのは大人のオモチャで、電源を入れるとぷるぷると振動するちっちゃな機械のことで、気持ちよくなりたい場所に当てると気持ちよくなったりする。そう、凝《こ》った肩とか首回りとか……！

「えーとね」

「いつ買ったの？　もう使ったの？」

「あのね」

「どうしてローターなんて買ったの、ねえ」

絢が起き上がって、あたしにめちゃめちゃ批難の眼差しを向けてくる。なぜ……？

見つかったらからかわれるかな、ぐらいは思ってたけど、それよりずっと絢の反発が強くて、あたしはうろたえてしまう。

「それは、その、つい出来心で、っていうか」

知らず知らずのうちに、あたしは正座をしてた。絢の放つ圧迫感に、そうせざるを得ない空気を感じ取って。そう、あたしは空気を読めるので……言ってる場合か。

「鞠佳、どういうこと、説明して」

「な、なんでそんなにぐいぐい来るの……」

絢はかぶりを振って、そして失望するようなため息をついてから、つぶやいた。

「うわきだよ、これは……」

「ちがくない!?」

そして、冒頭の場面に繋がるのであった。


「別にいいじゃん！　ローター買うぐらい！」

あたしは開き直った。絢の手からばしっとローターを奪い返し、胸に抱きしめる。

「そんなに怒ることじゃないでしょ！　絢だって持ってんじゃないの!?」

「私に隠れて買うなんて……」

「ねえ絢聞いて聞いてあたしローター買っちゃったんだー笑　とか言うわけないじゃん!?　ばかじゃん!?」

怒るというか、どちらかというと絢はショックを受けてるみたいだった。いや、それも意味わかんないけど！

絢が両手で顔を覆う。

「鞠佳が、こんなにえっちな子に……。どのローターがいちばん気持ちいいんだろうなあ、ってサイトをみて回ってレビューとか読んで吟味《ぎんみ》した挙げ句、勇気をだして通販を注文しちゃうぐらい、すごくえっちな子になっちゃった……」

「あたしの思考をトレースするなぁ！」

べしっと絢の肩を叩《たた》く。

裸なのに、全身が熱い。急に夏がやってきちゃった。

「だってしょうがないじゃん！」

あたしは羞恥心《しゅうちしん》という名の堤防を決壊させるように叫んだ。

「四六時中、絢がそばにいてしてくれるわけじゃないんだから！　あたしだって、そういう気分になったときに、いろんな方法で解消しなくっちゃいけないでしょ⁉　人間ってそういうもんでしょ⁉」

「鞠佳……」

絢があたしの手を摑《つか》む。

「なに⁉　自分ばっかりAVとか持ってたりしてさあ！　それであたしはだめなんて、さすがに自分勝手じゃない⁉」

恥ずかしすぎて、口調がだいぶ攻撃的になってしまう。自分で言ってて、なんかほんとに浮気《うわき》がバレて言い訳してるみたいだな……とか思ってしまった。

すると、絢も思いの外《ほか》、動揺してるみたいで。

「それは、そうだけど……。でも、鞠佳のことをきもちよくしてあげるのは、いつだって私だったのに……なんか、妬《や》ける……」

「え？」

あたしは手のひらの上のローターちゃんを二度見した。

「妬けるって……え、この、オモチャに……？」

今度は絢が恥ずかしそうに顔を背《そむ》ける番だった。

「え、えぇぇぇ……」

妬けるって……。

そんなこと言われて、どうすればいいの……。

そりゃあたしだって、絢としてるときに『ローターのほうがきもちいい』とか言われたら、めちゃめちゃショック受けるだろうけど……。でも、これはあくまで絢と一緒にいられないときの代用品っていうか、おうちのごはんがないときのカップラーメンみたいなもので……。

なにを言えばいいか、わからない。目の前でひたすら小さくなってゆく絢はかわいいけど、だからって『わかった！　あたしもう二度と自分で自分を慰《なぐさ》めたりしないよ！』って言うのは、なんか違うだろうし……。

あたしが固まってると、絢がぺたんと前に座ってくる。

「ごめん、鞠佳。ヘンなこと言って」

「う、うん……」

実は、最近もうひとつ、こういう雰囲気になったことがあった。

三年生に進級して、学校でちょっとしたトラブルが起きたのだ。トラブルっていうか、お互いの在《あ》り方《かた》についての意見の相違っていうか……。

そして、そちらの問題はまだぜんぜん解決してなかったりする。

「だからね、鞠佳」

「あ」

絢があたしの手からローターをかっぱらう。

「鞠佳がほしいんだったら、新しいのを買ってあげるから」

まるで、それで万事が解決だ、とばかりに告《つ》げてくる絢。

えっ、なんで⁉

「お金もったいないじゃん！」

「いいの」

「ええ～……？　けっこうお値段したのに……」

あたしの買ったおもちゃであたしがきもちよくなるのと、絢の買ったおもちゃであたしがきもちよくなるのと、なんか違いあります……？　どんなロジックかはまったくわからないけど、それで絢の中では一件落着らしい。

まあ、絢の気が済むならいいか……。

絢が制服を着直して、あたしは花粉がついてもいいような外着を羽織《はお》る。絢を駅まで送っていく準備、オッケー。

いくら外に出たくなくても、マンションの入り口で絢を見送るのは、その、寂《さび》しいので。

ジップロックをカバンにしまおうとしてた絢を見て、ふと気づいた。

「……絢、あたしの買ったオモチャ、どうするつもり？」

「え？」

絢が、不意に藪《やぶ》からリスが飛び出してきたような顔をした。

「……おうちに帰ってから、すてるよ」

「本当？　本当に？　使ったりしないよね？　ぜったいしないよね？　ね？」

「…………もちろんだよ」

「ちょっとぉ！　あたしの目を見ろぉ！」

絢があたしの肩に手を置いた。

「勘違いしないで。私はこの子を鞠佳だとおもって大切にするつもりだから、鞠佳も私のあげたのを私だとおもって使って。ね？」

「ね？　じゃないっての！　だったらあたしだって新しく買い直したのを絢にあげるから！　使用済みなんだよそれ！　衛生的にだめでしょうが！」

「ちゃんとアルコール洗浄するから」

「気分的な問題だよ！」

あたしがどのようなマッサージに使ったかはともかく……！　デリケートな部分に触れたものを、絢があたしの見てないところで触ったりするのは、なんかもう想像するだけで無理。生理的に圧倒的に無理！

「だめだめ！　それはさすがにありえないからね⁉　ヘンタイ！　この、ヘンタイ！」

「ちょ、ちょっと、鞠佳」

本気でローターを奪おうと、虎《とら》のように飛びかかる。

すると、反射的に絢の手が動いた。

あっ、と思ったときには、もう遅い。ジェットコースターに揉まれたような浮遊感の直後、あたしの体はベッドにあった。

――絢に放り投げられたのだ。

気づけば、上下が逆さまになって、仰向《あおむ》けで絢の顔を見上げてた。

焦《あせ》って顔を覗《のぞ》き込んでくる絢。

「ご、ごめん、鞠佳。でも、急に来るから。大丈夫《だいじょうぶ》？　けがしてないよね……？」

心臓の音がバクバクと聞こえてくる。

絢に投げ飛ばされるのは初めてで、まるで巨人の手で摘《つ》まみ上げられたような気分だった。

遅れて恐怖がやってきて、あたしの目が潤んでゆく。

——ああ、もう、キレた。

「…………しないから」

「え？」

顔を近づけてきた絢に、めいっぱい怒鳴る。

「あたしもう二度と自分でしたりしないから！　その代わり、絢も禁止だからね！」

「え」

絢に指を突きつけて、さらに言い聞かせる。

「ぜったいひとりでしないように！　いいね！」

「え、ええ…………？」

あたしの言葉に、絢はしばらくの間、おろおろしてた。


高校三年生になって、あたしたちの関係は、また少しずつ変化してゆく。

『好きだから』と『こんなに好きなのに』は似てるようで、ぜんぜん違う。好きの気持ちはアルコールみたいに、適量なら気持ちよくても、大量に味わえば毒へと変わる。

あたしたちはもう付き合って九ヶ月。お互いに遠慮もなくなり、言いたいことも言い合って、長所も短所もハッキリくっきり見えてきた時期。

そろそろ、自分の抱える恋心に振り回されることなく、劇薬をコントロールしなきゃいけない時期を迎えたのかもしれない。

好きだからこその失敗。依存。暴走。挙げ句のケンカを乗りこえて、それでもこれからも、ずっと一緒にいたいと思うから。

とりあえず、絢へのお仕置きから始まった今回の騒動は、しかし、それどころではない出来事へと発展しちゃったりして。

次なるきっかけは、お騒がせな新入生から始まるのだった。

花粉症《かふんしょう》のあたしにとって、いちばんの難関は朝の通学路だ。帰りはもうメイクが落ちようがなにしようが構《かま》わないわけで、朝さえ乗り切ればなんとかなる。

普段より少し早く起きて、モーニングアタック――眠ってる間に吸い込んだ花粉が、起きた瞬間一気に症状を引き起こす――をシャワーで洗い流す。

朝ごはんとともに花粉症のお薬を飲んで、それからナチュラルなメイクを施《ほどこ》した。春のモーニングルーティンはこんな感じ。

あとは厳重にマスクをつけて、学校へゴー。なんだったら春の間だけ伊達《だて》メガネでも掛けていきたい気分だけど、それはやりすぎ。

通学路で髪の毛にもたっぷりと花粉が付いちゃうから、学校に来たらトイレいって丹念《たんねん》にブラッシング。髪と制服の花粉を落としたら、目薬も点眼して、これでようやく人心地《ひとごこち》。

なにかひとつでもサボると、みっともないことになっちゃうからね……。手は抜けない。

以上を終えたら、教室にやってきて、いつものあたしを装《よそお》うのである。

「おっはよー」

新年度を迎えた学校が始まって、一週間かそこら。

攪拌《かくはん》の済んだ教室は、あちこちにグループができあがってた。

さて、あたしのグループはというと。

「まーりか、おっはよー!」

真っ先に声をかけてきてくれたのは、三峰悠愛《みつみねゆめ》。

背の低い小動物的な女子で、見た目も声もかわいいやつだ。お菓子《かし》作りの腕は確かで、バレンタインデーの際はあたしもずいぶん助けてもらった。

「おはよ、マリ。きょうも朝から大変そうだねえ」

続いて、背の高い女の子が現れた。気の強そうな顔立ちと、大人びた落ち着いた佇《たたず》まいから、悠愛の隣に並んでると年の離れた姉妹《しまい》にも見える。松川知沙希《まつかわちさき》だ。

あたしは自分の席につくと、カバンから対花粉症グッズを取り出して、ごそごそと並べる。

その様子を悠愛と知沙希は、いつものことのように眺めてる。

あたしは顔に花粉ブロックスプレーを吹きつけて、さらに机にアロマスプレーを塗布した。

もうね、やれることはぜんぶやってやりますよ。

「ほーんと、最終的には家から毎日タクシーで登校したい気分……。てか、恨《うら》んでも憎《にく》んでも不毛ってところが、いちばんやるせないね……」

そう言うと、知沙希があははと笑った。

知沙希は人が不幸な目に遭《あ》う話が好物なので、花粉症で弱ったあたしにしょっちゅうちょっかいをかけてくる。薄々気づいてはいたが、もしかしたら性格が悪いのかもしれない。悠愛はちゃんと「大変だねえ、まりか」と心配そうな顔をしてくれた。

ふたりはもともと、鞠佳《まりか》グループとして一年時からつるんでた友達だ。こうして三年生でも同じクラスになれて、ほっとした。

ちなみに、知沙希と悠愛は女同士だけど、付き合ってる。一部の人しか知らない秘密。

悠愛の胸元《むなもと》には、きょうもきらりとネックレスが輝いてた。本当は知沙希とペアネックレスなんだけど、悠愛が当然のように毎日学校に身に着けてくるので、今は知沙希のほうが外《はず》してしまってる。

『なんで⁉　ぢーぢゃんあたじのごと好ぎじゃなぐなっだの⁉』

『学校にペアネックレスで来れるかばか！』

悠愛に真剣な声で相談に乗ってほしいと呼び出されたカフェで、めちゃめちゃくだらないケンカに巻き込まれ、オゴられたレモンティーを無の表情で飲んだのも記憶に新しい……。

一生外さないよ！　の宣言通り、悠愛はプレゼントのネックレスをもらって以来、一度も外してないらしいよ。こわ。

結局、知沙希は『鞄《かばん》にネックレスをしまってあるから、これでペアみたいなもん』という言い分で悠愛を煙《けむり》に巻いて、言いくるめてた。

そんなこんなで、悠愛と知沙希はきょうも平和である。

前のクラスで仲良かった連中は、だいたい同じクラスになってる。夏海《なつみ》ちゃんとか、ひな乃《の》とかね。別に仲良くないいんだけど、玲奈《れいな》とその取り巻きも同じクラスだった。

で、問題はここから。

「あっ、おはよ。みんな」

手を振って、やってくる女の子。

身長は悠愛より少し大きい程度。明るい髪に、フリルのついた黒のリボンを着けてる。いわゆる地雷系《じらいけい》と呼ばれるファッションの女子高生。メイクも独特だけど、愛嬌《あいきょう》のある顔立ちにはよく似合って見える。

「おはよー、柚姫《ゆずき》ちゃん」

声をかけるとその子は、ぽわぽわ～っと幸せそうな笑みを浮かべてやってきた。

「鞠佳ちゃん～」

「昨日は寝ちゃって、メッセージ続けられなくってごめんね」

「ううん、ぜんぜんっ。かわいい鞠佳ちゃんとお喋《しゃべ》りできて、幸せだったよお。っていうかね、ほんっとすごいの、新入生の中にね、信じられないぐらいの美少女ちゃんがいるっていう噂《うわさ》でね、今度一緒に写真撮りにいこうねえ～」

「そうだねー」

頼永《よりなが》柚姫。最近うちのグループに絡《から》んでくる女の子で、同じクラスになるのは初めてだ。外見が目立つので、名前は知ってた。話したことは、ほとんどなかったかな？

緩《ゆる》い喋り方に、おっとりぽわぽわとした雰囲気《ふんいき》。あたしの周りには今までいなかったタイプの女の子だ。一人称が自分の名前というのも、かなりパンチが効いてる。

マイペースな子で、空気を読まないところはあるけども、絢《あや》ほどではないし。ふっ、あたしもずいぶんと丸くなったもんだわ……と自らの成長を実感する日々である。

「鞠佳ちゃん、花粉症、相変わらず大変そうだねえ～。ね、こういうのどう？　効かないかな、フルフェイスの防毒マスクだって」

「えっ、4000円……!?　や、安い……。って、こんなんつけて電車通学してたら、即駅員さんにとっ捕まるっての」

「だめかあ～」

一瞬検討《けんとう》しそうになったけど、首を横に振る。

柚姫ちゃんは子供っぽく肩を落とした。

まあ、あたしのことはリスペクトしてくれてるみたいだし、悪い子ではないと思う。

ただまあ、かなりの問題児なところもあって……。

「ねーねー、ところできょうのゆずの髪型どうー？　途中すっごく風強くてさぁ、ちゃんとかわいくできてるかなぁ？」

「あ、ああ、うん、かわいいよ」

「やったー。そうやっていつも褒《ほ》めてくれるから、ゆずは知沙希さん大好き〜！」

ニッコニコで柚姫ちゃんが知沙希に抱きつく。

そう、柚姫ちゃんはやたらとボディタッチが多い。まるで大きなぬいぐるみに取り囲まれてるかのように、右へ左へとぎゅっぎゅハグしてくる。主にそのターゲットはあたしと知沙希で、見てるぶんにはほのぼのしてかわいい、けど。

ビキッ！　という空間が割れるような音が、あたしの隣から聞こえてきた。

……見るまでもなくわかる。悠愛だ。

「それじゃ知沙希ちゃん、まりか、またあとでね」

急にシャーベットよりも冷たい声を出して、悠愛がグループから離れてゆく。

くっ……またしても……。

そして柚姫ちゃんは、そんな悠愛のことをまったく気にせず。

「知沙希ちゃんってほんっとにかっこいいよねえ〜。ゆずはねえ、この学校でいっちばん知沙希ちゃんの顔が、好きだなあ」

ピキピキピキッ！　という音が、徐々に遠ざかってゆく。勘弁してくれ、と思った。

「は、はは……。それはどーも」

お姫様みたいなかわいい女の子に付きまとわれて、知沙希は困《こま》り果てた笑みを浮かべる。

「つかさ、あんまりそういうこと、言わないほうがいいんじゃないかな」

「なんで？」

「いや、まあ」

知沙希は目をそらしつつ、言いづらそうに口を開く。

「なんか、ほら、周りの連中にヘンな誤解されてもイヤだろ？」

「誤解って？」

がんばれ、がんばれ知沙希！

知沙希が絞り出すように答える。

「だから……なんというか、女の子同士、みたいなさ」

精一杯、相手を傷つけないように配慮した言い方だった。さすが高校三年生。知沙希も大人になったたな……。

柚姫ちゃんは「ああ～」と得心して、にっこり笑った。

「大丈夫《だいじょうぶ》だよ。だって誤解じゃないし」

なんだって。

「いちおーね、ゆず、女の子と付き合ったこともあるから」

『えっ⁉』

あたしと知沙希が目を剝《む》く。

こ、この子……カミングアウトした⁉

あたしの周りは女の子と付き合ってる子が多いとはいえ、教室で堂々と宣言した子は柚姫ちゃんが初めてだったから、さすがに言葉を失ってしまう。

なんだけど、教室にはあたしたちほど大きな動揺はなかった。あとで柚姫ちゃんと同じクラスだった子に聞いた分だと、そういう子だって知れ渡ってたらしい。

いや、だとしてもあたしや知沙希にとっては、かなりデリケートな話題だ。それなのに、柚姫ちゃんは自分だけ違う星の法律で行動してるかのように、ぐいぐいと迫ってくる。

「それでねえ、付き合うなら、知沙希ちゃんかな、って思って！　でもねえ、鞠佳ちゃんもかわいくて大好きなんだよねえ。同率一位って感じかな～！」

「は⁉」

呆然《ぼうぜん》とするあたしの領域をたやすく跨《また》いで、柚姫ちゃんが正面から抱きついてくる。

「同じクラスになれて、ゆず、ほんとに嬉《うれ》しいなあ。これからもよろしくね！」

そう宣言する柚姫ちゃんの横を通り過ぎてゆくのは……。

「おはよう、三峰さん」

「あやや、おっはよー！」

素知らぬ顔で席につく絢と、そしてそんな彼女とニコニコお喋りする悠愛の姿だった。

春の嵐《あらし》ってやつかなあ、これは！

「やだ。あの子きらい。なかよくなれない」

お昼休みの学食。あたし、絢、知沙希と悠愛という旧二年生メンバーで四人がけのテーブルにやってきたところで、にべもなく言い放ってきたのは絢。

一般的に、女子高に学食があるのは珍しいと言われてる。北沢《きたざわ》高校の学食は実際小規模で、どちらかというとカフェテリアっぽい使われ方をされてた。まあ、あたしは普通に食べてますけどね。学食メニューのナポリタン。

一品お好きにどうぞの小鉢は、レンコン入りのきんぴらごぼうだ。レンコンって花粉症に効く食べ物らしいよ。ポリフェノールとか、なんか抗体とかあっていいらしい。

サンドイッチを口に運ぶ絢は、まさに取り付く島もなかった。恐る恐る声をかける。

「いや、でも」

まだぜんぜんお互いを知らない状態だし、もうちょっと話してみたら意外と～、みたいに言おうとしたら。

「――だよねあやや！　ねー!?　わかるー！　ムリー！　ねー！」

絢の隣に座った悠愛が、ウンウンウンウンウンと無限にうなずいてた。

まあ、悠愛ならそう言うか……。あたしは隣の知沙希と顔を見合わせて、どうしたもんかとため息をつく。

悠愛が単純極《きわ》まりない解決策を打ち出してくる。

「よし、ちーちゃん、付き合っているってカミングアウトしよう」

「あのなあ、ユメ」

「私たちもしようか、鞠佳」

「しないって……」

ぶーぶー、と悠愛と絢が結託して口を尖《とが》らせてた。

カミングアウトって、相手のこともよく知らないうちに簡単にするものじゃないでしょ……。

「と、とりあえずこの件は、あたしと知沙希でなんとかするからさ。柚姫ちゃんだって、悪気があってやってるわけじゃないみたいだし」

「悪気があるかどうかなんてかんけーないよ！　あの子は、ちーちゃんとまりかをはべらせて、自分の理想のハーレムを作ろうとしているんだよ⁉　てかあたしのちーちゃんに抱きついてその柔《やわ》らかさを楽しんで匂《にお》いを嗅《か》いだとかさあ！　あたしもう、やってらんないよ！」

悠愛がわっと泣き真似《まね》をした。匂いはなんなんだよ……と知沙希が小さくうめく。絢がよしよしと悠愛を慰めてた。仲良くなってんじゃん、そこ。

絢が毅然《きぜん》とした顔で告《つ》げてくる。

「とりあえず、私たちの要求はひとつだけ。あの子と白昼堂々《はくちゅうどうどう》いちゃつかれるのは嫌《いや》。それが改善されない限り、私たちはグループに戻らないから」

「そーだそーだ！　市民の意見をそんちょーしろー！」

絢と悠愛にストライキを決め込まれて、あたしはもうすっかり中間管理職の気分。

これは、早いところ柚姫ちゃんに『あたしボディタッチとかムリだから』って釘差《くぎさ》しておくか……。それであっさりやめてくれるのならいいけど、食い下がられたときはどうしようね。

まさか絢との関係を打ち明けるわけにはいかないし……。ちょっと知沙希と作戦会議しておくか……。

こういうとき、コミュニティのめんどくささを痛感する。

学校生活を送る以上、理解してもらえる人たちとだけ付き合うなんてムリだし、すべての人に理解してもらおうっていうのはもっとムリだ。

あたしは、いつまでもあたしのままでいたい。だけど絢と付き合ってることが知られたら、きっとあたしは周りから『女の子と付き合ってる女の子』って目で見られるだろう。人はあたしのことをわかったように言う。それって別に、あたしのぜんぶじゃないのに。

レッテルの力は強力だ。バズーカ級だ。どんなに積み上げてきても、ぜんぶが一瞬で塗りつぶされる。だからあたしは、どうしてもカミングアウトしたくない。

柚姫ちゃんみたいなキャラだったら、言っても許《ゆる》されてたんだろうけどさ。地位の固まったあたしにはもう、そんな軌道修正はできないわけで。

はぁ……言い訳考えるの、めんどいなあ……。

てか、みんな仲良くしてくれよー……。裏でなに考えてようが、表面上はニコニコと笑い合うだけじゃん……。そんなに難しいことかなあ……。

ぜんぶ関係を隠したいっていうあたしのワガママが原因なのは、わかってる。だからこれはあたしがなんとかしなきゃいけない。

けど、大好きな絢があっち側にいて、悠愛とふたりであたしを糾弾《きゅうだん》してるって構図は、なかなかメンタルが削られるものがあった。

花粉症のだるさも相まって、あたしは久々に学校が嫌になりそうだ。

食事を終えたあたしは、トレイを横にどけて、ぽてっとテーブルにへたり込む。

「鞠佳？」

さすがに心配してくれた絢に、あたしはつぶやいた。

「楽園にいきたい」

「楽園」

「そう……。そこにはなんの争いもない。人が人のことをなにも気にしない……。すべての人がすべての人に優しくて、ただひたすらに穏《おだ》やかな時間が流れて、きれいなおねーさんがいっぱいいて、そして蛇口《じゃぐち》から無限にミルクたっぷりのカフェラテが出てくる」

遠い目で言うと、むっとした絢に「ないよ」と否定された。

「後半、まりかの欲望がだだ漏《も》れしている」

「綺麗《きれい》なお姉さん必要じゃないだろ今の流れ」

「うわぁん！　この世に楽園なんてないんだぁ！」

今度はあたしが知沙希の胸に飛び込んだ。はいはい……と慰めてもらう。するとチッという絢の舌打ちが聞こえてきたような気がした。しまった、絢にとっては知沙希も許容範囲内じゃなかったらしい。楽園に逃げたい！

そんなことを思ってると、学食の入り口のほうがざわっとした。

ん？　と顔をあげる。なんとなくみんなが視線を向けた先。

ちらりと見えたのは、眩《まぶ》しい輝きだった。

最初は、チアガールのポンポンを運んでるのかな、って思った。けど、どうやら乱反射するピカピカしたものは、人の形をしてた。あたしたちの姿を見つけて、大きな声を出す。

「あー！　いたぁー！　マリー！」

学食なんかでダッシュをした子が、一直線にこちらに向かって突っ込んでくる。えっ⁉

その女の子があたしに抱きつく寸前、誰《だれ》かがあたしをかばって前に立ちはだかった。絢だ。

「一日に三度も、他の女の子と抱きあっている鞠佳をみてたまるか」

だけど、金髪の女の子は別にどちらでもよかったように、絢をぎゅっと抱きしめて。

「アヤー！　ようやく会えたわ！　I love you!　I need you!」

絢の頰《ほお》に、ちゅーーっとキスをした。

公衆の面前で。

学食に黄色い声があがる。

えっ、ちょっ、ちょっ！

「あんた！　なにしてんのぉ！」

ふたりを引《ひ》き剝《は》がす。学食はまだざわざわしてる。たくさんの生徒がこっちを見つめて、なにやらこそこそと噂話をしてた。こんな注目の集め方、嫌だ！

一方、キスされた絢はまるで動揺せず、金髪少女の肩を摑《つか》んで押し返す。

「そういえば、忘れてた。合格おめでとう、アスタ」

アスタは満面の笑みを浮かべて、両手を広げた。

「ええ！　みんなのおかげだわ！」

あたしはねっとりとした視線を絢に向ける。今、キスされてた。キスされてた……。

アスタロッテは、ノルウェーからやってきた女の子だ。キラキラの長い金髪を、高い位置でツインテールに結ぶスタイルは相変わらず。学校の中だからそんなの目立つのなんの。

現実離れした美少女がジャパニーズ女子高生の格好をしてるの、コスプレ感があって、なんか雰囲気がえっちだな……。

柚姫ちゃんが言ってた、信じられないぐらいの美少女新入生っていうのは、アスタのことに間違いない。そんな予感はしてたんだよ。

アスタは学食に集《つど》う庶民《しょみん》の騒ぎなんて、まるで無頓着《むとんちゃく》。日本で暮らしてれば、注目されたりするのなんて慣れっこだわ、って態度で手を差し伸べてくる。

「チサキも、ユメも、これからよろしくね！」

「ああ、合格もギリギリだったんだよな。がんばって勉強しろよ、一年生」

「う、うん、よろしくね！」

知沙希は普段通りに、知沙希の浮気《うわき》を疑ってた悠愛はどこかぎこちなく、笑みを浮かべた。

「で、きょうはどうしたの、アスタ。あたしたち見つけてテンションあがって駆け寄ってきただけ、ってわけじゃないんでしょ」

なんとなく和《なご》やかなムードが流れそうになる中……。

アスタはぱちっと瞬きをして、表情を一変させた。口元に手を当てる。

「ええ、そうなの！　マリーとアヤのこと、探していたんだから！」

「え、なになに」

「ねえ、お願い！　力を貸して！」

切羽詰《せっぱつ》まった表情のアスタが、まるでヒーローに助けを求めるヒロインみたいに手を伸ばしてくるもんだから、思わず眉《まゆ》をひそめてしまった。

「力を貸して、って」

アスタはブンブンと首を縦に振って、両手をギュッと握りながら叫《さけ》んだ。

「カレンが、カレンのお店が、タイヘンなの！」

どうやらあたしたちを襲う春の嵐は、まだまだ留《とど》まるところを知らないようだった。

＊＊＊

まだ表に看板《かんばん》も出てないバー『Plante à feuillage』には、開店準備中の可憐《かれん》さんがひとりきりで、あたしたちを苦笑《くしょう》で出迎えた。

「ほんとに、そんな大したことじゃないのに、アスタちゃんってば」

「へ？」

放課後、あたしと絢はアスタに引っ張られて、新宿のバーを訪れてた。悠愛と知沙希はそれぞれバイトがあるので途中離脱。ここにいるのは、あたしと絢、アスタに可憐さんの四人だ。

可憐さんはバーのオーナーの女性で、年は二十代後半。いつも明るくかわいい笑顔で、あたしやお客さんを元気づけてくれる。

とてもかわいくて、きれいなおねーさんなんだけど、えっちなこともかなり好きみたいで、いろんな人と関係を築いてたりもする。アスタとも肉体関係があるっていうし……。そういうところも含めて、いつだって自分の人生を楽しんでるって感じる人だ。

「いや、でも、なんか可憐さんがめちゃくちゃ大変なことになって、バーの経営の危機だって言われて……」

「私も聞いたことなかったよ。またアスタのでまかせ？　占いかなにか？」

騙《だま》された？　と、あたしたちが振り返ってアスタを眺める。この信頼度の無さは実にアスタって感じだ、

「違うのよ！」

アスタは腰に手を当てて、頬を膨《ふく》らませた。

「カレンがわざと問題を軽くしようとしているのよ！　本人にとっては、とーっても一大事のくせに！　そんなカレン、きらいだわ！」

なんかここ最近、妙に『嫌い』って言葉を聞くなあ……と思いつつ、あたしは可憐さんに向き直った。カウンター越しに尋ねる。

「ええと、とりあえず、あたしたちもこうして来ちゃいましたし。いったいなにがあったのか、聞かせてもらってもいいですか？」

まあ勝手に来ちゃったのはあたしたちなのだけど、とりあえず事情を聞かないことにはね。いつまでもアスタに付きまとわれちゃいそうだし。

可憐さんはわざとらしく腕組みをしてうなる。

「うーん……話したら、どうせきっとアスタちゃんの味方になっちゃうんでしょうねえ……あ

なたたち、いい子だから」

「じゃあ、そうです」

あれ……。どうやら本当になにかあるみたいだ。内心の驚きはともかく、きっぱりとうなずくと、可憐さんは仕方ないとばかりに肩をすくめた。

「とりあえず、座って。なにか飲み物出してあげる」

「あ、私も手伝います」

絢がカウンターの中に入ってゆく。制服姿でお手伝いをする絢がグラスを並べて、可憐さんと一緒にトレイを持って四人分の飲み物を運んできた。そのまま、テーブル席に一緒に座る。

「じゃあ、どこから話そうかな」

可憐さんがためらいを見せると、隣に座るアスタがすかさず手をあげた。

「だったらワタシが！」

「だーめ。アスタちゃんに話をされたら、ぜったいに盛られちゃうもの。だいたい、バーの危機だなんて、どこから出てきた話なの」

「カレンの危機は、バーの危機でしょ⁉」

「もー、アスタちゃんってば」

可憐さんが笑いながら、ぺちっとアスタを軽くデコピンする。「ひゃっ」と悲鳴をあげつつも、額を押さえたアスタはまだまだ膨れっ面《つら》で、それは可憐さんがぜんぶを打ち明けるまで継続しそうだ。

「んーそうねえ……あのね、わたしってしばらくAV女優をしていたじゃない？」

「えっ、あ、はい」

思わずパッケージが頭に浮かんできて、顔が熱くなる。その反応すら楽しむみたいに可憐さんは笑って、小さく舌を出す。

「それでね、もう少しで、AVに出演して十年が経《た》つの。ずいぶんと時間が経っちゃったなあ、って、ただそれだけよ」

「違うでしょ！　リンダと出会って十年でしょ！」

アスタが目を吊《つ》り上《あ》げて、口を挟んできた。

むぅ、と可憐さんが怯《ひる》んでる間に、アスタがばーっとまくし立てる。

「やっぱりぜんぜんダメじゃない！　あのね！　カレンと監督のリンダは恋人なの！　周りにずっと隠しているけど、十年ずっと好き同士なのよ！」

絢が目をぱちくりする。

「可憐さん、恋人いたんですか？」

あちゃー、と可憐さんが顔に手を当てた。

あれ、そういえば、前に、見たことがある気がする。あれはあたしが初めてバーに来たときだった。可憐さんがAV監督の女性を出迎えて、ふたりはまるで恋人同士みたいで……。

「恋人なんて、いいものじゃないの。だってお互い、その間にも別々の人と付き合ったり、別れたりを繰り返しているし、ワンナイトなんてしょっちゅうだしね」

お、大人……。

可憐さんは諦《あきら》めたみたいに目を細めて、頬杖《ほおづえ》をついた。

「でもね、口約束みたいなもので、十年経っても特定の相手がいなかったら、南の島でもいこうか、って話してて。別にね、本気じゃなかったのよ。ただ、そんなことあったわねー、ってアスタちゃんに口を滑らせちゃったら、この通り。もう、やる気満々なの」

「な、なるほど」

すごい。あたしにはぜんぜん想像もつかない。でもなんか十年来の恋人とか、めちゃめちゃ素敵《すてき》だし、ロマンチックな感じする。

その道中でアスタを手籠《てご》めにしたり、絢と3Pしたりとかは、よくわかんないけど！

「え、じゃあぜったい行くべきじゃないですか！　なにを迷うことがあるんですか、ぜったい行きましょうよ！　ねえ、アスタ！」

「ええ、そうよ！　ぜったい行ってきてほしいのに！　カレンってばぜんぜん首を縦に振ってくれないの！　ビビってるのよ！」

「でも」

ミイラ取りがまんまとミイラになったところで、絢が難しい顔をした。

「可憐さんが旅行に行っちゃうと、その間、お店を閉めることになりますよね」

深く可憐さんがうなずいた。

「そゆこと。シフトが回らなくなっちゃうからね」

「えっ⁉」

なるほど、ようやく繫《つな》がった。

可憐さんは約束よりバーのほうが大切だから、もともと旅行に行く気がなかったってことか。

あたしはすべてを理解した。

でもそんな理由なら、あたしはなおさら可憐さんには楽しんできてほしいな。だって、本当に約束がどうでもいいなら、アスタにだって漏らさないはずだもん。

「いいじゃないですか、ここのお客さんなんて。バーの前で、コンビニで買ったストロングゼロでも飲ませておけば」

可憐さんが胸の前でペケのマークを作る。

「そういうわけにはいかないの。バーに来てくれるお客様は、うちを大切な居場所だと思ってくれているんだから。わたしが骨折ったりしない限り、休んだりしないからね」

「アヤ、このお店にハンマー置いてある？」

「ウッドアイスハンマーならあったかな。思いっきり振りかぶれば、もしかしたら」

「人の骨を折る算段を目の前でするんじゃないの」

そこで、あっという間にしびれを切らしたアスタが、横に座る可憐さんの腕に絡みつく。

「だからぁ！　何度も何度も言っているじゃない！　ワタシが代わりにシフトに入ってあげるって！　ワタシを頼ってよ！　ワタシたちセックスフレンドでしょ!?　カレン！」

私たち友達でしょの文脈でセフレを口に出す子、初めて見た。

可憐さんはどこかじめっとした視線をアスタに向ける。

「アスタちゃんにお店を預けると、帰ってきたときに焼け落ちて、なくなってそうだもの」

それはまあ、わかります……。

「そんなことしないのにー……。焦《こ》がすのは食パンだけだもの……」

頭を抱えたアスタは、それでもまだ食い下がろうとしてた。不屈の信念だ。

可憐さんはからかうように笑った。

「せめて、鞠佳ちゃんぐらいしっかりしている人が、ヘルプに来てくれるならねえ」

まあ、鞠佳ちゃんは他にもバイトしてるところがあるから、無理でしょうけれど、と可憐さんが続ける。しかし、そこであたしは、ぴたりと止まった。

「言いましたね？　可憐さん」

「え？」

あたしは席を立ってスマホを耳に当てた。

数コール後に、電話が繋がる。

「あ、冴《さえ》ちゃん？　うん、あたし。あのね、バイトのシフトを代わってほしくて。いつからっていうのはまだ決まってないんだけど、うん、そう、十日間。え？　うん、十日間ぐらい。うん、うん、ありがとうね、そういうわけでよろしく！」

わーわー言われてるのを無視して、無理やりに電話を切った。

あたしは笑顔でにっこりと振り返る。

「おっけーなんで、可憐さん。南の島で楽しんできてくださいね！」

「え？　……え!?」

あたしはびっくりする可憐さんを前にして、アスタとハイタッチを交わしたのであった。

＊＊＊

それからは、あっという間だった。

アスタがバーのスタッフ陣に連絡して、なるべく二十歳以上のスタッフがお店にいてくれるようにお願いをしてた。これで、ちゃんとお酒も提供できる。

あとはだいたいあたしが出勤するってことで、シフトの件は片がついた。もちろんあたしだけじゃ不安だからと、絢も同じぐらいシフトに入ってくれるみたい。やったね。

これからものすごく忙《いそが》しくなっちゃうだろうけど……。でも、なんとなく、春にも学校にも鬱々《うつうつ》とした気持ちを抱えてたあたしにとっては、素敵な気分転換になってくれるはず！

『そりゃ、ひとりでやらせるわけにはいかないから』

帰って、家で電話をしてる最中のこと。もちろん相手は絢。

あたしはベッドに寝っ転がって、ブルートゥースのイヤフォンをつける。

「ふふっ、ひょんなことから、絢と同じバイトになっちゃったねー」

というわけで、あたしも来週から『Plante à feuillage』の従業員だ。新宿のキラキラした街で働くのはちょっと緊張しちゃうけど、ま、大丈夫でしょう！　絢も一緒だし！

ぽつりと絢が告げてくる。

『ありがとうね、鞠佳』

「え？　こ、今度はなに？」

『可憐さん、口ではああ言っていたけど、やっぱり、恋人さんと一緒に旅行したかったんだよ。その最後を鞠佳に背中を押してもらって、すごく嬉しそうだった。だから、ありがとう』

「う、うん……」

絢に気持ちたっぷりに改めてお礼を言われると、照れちゃうな。

でも、あたしよりもずっと恥《は》ずかしそうな声が、伝わってきた。

『私も、可憐さんのこと大事だし、鞠佳が可憐さんのために動いてくれたのも、嬉しかった』

まーそうだよね。お客さんとしてたまに会うあたしより、絢のほうがずっと可憐さんのこと、幸せになってほしいって思ってたよね。

『だから、その……鞠佳のこと、ますます、好きになったの』

「うぇっ？　そ、そっかぁ……」

今、胸に矢が刺さった気がする。絢の言葉で、絢をさらに好きにさせられた！

「あ、あはは、お節介じゃなければ、よかった」

『そんなわけないよ。最近めんどうかけてばっかりだけど……でもね、びっくりしているんだ。私、まだ鞠佳のこと好きになるんだな、って。今でももう、苦しいぐらい好きなのに』

「……だったら、もっと好きにさせちゃうからね、あたしのこと」

キザっぽく言うと、なんだかハートがいっぱい浮かんでるような「うん……」って声が聞こえてきて、あたしも悶《もだ》えてしまった。

あーもうー、好き、ほんと好き、大好き、好きすぎる。なんなんもう。足をバタバタする。

こんなに好きな人と一緒の仕事場で働いて、大丈夫かなあ！　そっちは心配だなあ！

『鞠佳のこと、大好き』

「うんっ」

弾《はず》んだ声で返事をした後、しばらくの無言。

……。

特にどうというわけじゃないんだけど、あたしは念のために、つぶやいた。

「……自分でするの、だめだからね、絢」

『……………』

今度は、飼い主につまみ食いを見つかった猫のような沈黙が、訪れた。

『……してないし。なんでそういうこと言うの』

「なんか、雰囲気を感じ取って」

『約束したことだし』

「そうだよね。絢は、えっちなあたしと違って、ちゃーんとガマンできる理性的な人ですもんねえー？」

『……鞠佳、いじわるな言い方』

あたしは思わず笑った。愛を囁《ささや》き合った直後に、同じ口で相手のことを罵倒《ばとう》する。その温度差が、実にあたしたちらしいな、って思った。

「でもなに、ほんとにガマンできなくなってきちゃった？」

『そんなことない、けど……』

「なに？」

『……一生は、さすがにやだ』

「ふふん、やっぱりガマンできないんじゃん」

『休み時間ごとに鞠佳を空き教室に引っ張っていいならがまんするけど』

「それはガマンできてなくないか⁉」

でも、まあ……一生は嫌だっていうのは、あたしだって同じ。別にえっちだからとかじゃなくて、そういう気分のときもあるってだけの話で。

喧嘩《けんか》も仲直りも、ちょうどいい落としどころをふたりの間で決めておかないと、泥沼に入り込んじゃうからね。万が一にでも、絢と別れるなんてことになるのぜったいありえないし。

「わかった、それじゃ、可憐さんが南の島から帰ってくるまで、っていうのはどう？　だいたい十日間？　それぐらいなら、大丈夫？」

『ん……まあ……』

吐息《といき》交じりのけだるげな声は、なんだか妙に色っぽかった。

……まだ禁欲数日なのに、もう体が火照《ほて》ってるってわけじゃないよね？

『……わかった。もともと、私が鞠佳にヘンな嫉妬《しっと》して、それで鞠佳を嫌な気分にさせちゃったわけだから、ちゃんと私ががんばらないとね』

「いや、ま、そうだけど」

あんまりシリアスには受け止めてほしくないっていうか……。あんなの、売り言葉に買い言葉みたいなもんだったわけだし……。

『だったら、可憐さんが帰ってきた後は、期待していいんだよね？　鞠佳』

「えっ？」

なにその期待って。

あたしが絢のことをめちゃくちゃにしてあげるってこと？　主旨変わってないか⁉　ふたりの禁欲プレイみたいになっちゃってない⁉

ていうか、あたしが言ったのはあくまでも、自分でするのは禁止ってだけで……この話の流れだと、ふたりでえっちするのも禁止みたいに聞こえない⁉

え、それはふつーに嫌なんだけど……。

『ちゃんとがんばるからね、私。おりこうさんにするから。鞠佳好みの私になるから』

「そ、そうですか……」

あたしは別に、えっちな絢もきらいじゃないっていうかむしろー……なんて言えない！

くそう！　なんであたしは軽はずみに禁止令出しちゃったんだ！　月初めにギガを使い切っちゃったような気分だ。

でも、バレンタインデーの後に『自分がえっちすぎた……』って反省したばっかりなので、あんまり早くあたしが『禁欲おしまいでーす！』って言うと、またあたしがエロい子扱いされるから、それはちょっとかんべん願いたい。

いいよ！　可憐さんが帰ってくるまで、労働で発散してやる！

『というわけで、鞠佳。早速、明日のシフトなんだけど』

「うん、任せて！　へとへとになるまで走り回ってやるから！」

『バーにそういう仕事はないよ』

あたしに『大好き』って言った同一人物とは思えないほど、塩対応な声。ものの例えだよ！

こうして、あたしは放課後しばらくの間、ファミレスのバイトを冴に押し付け頼んで、バーで働くことになった。

ま、あたしは敏腕のBランクスタッフだからね！　接客業なら任せてって感じ！

ついに夜の新宿でバイトデビューを果たした高校三年生、榊原《さかきばら》鞠佳の人生はしかし、なにもかも順風満帆《じゅんぷうまんぱん》というわけにはいかない。

バーで出会う、絢を除いた六人のお姉さんたちは、みんながみんな強烈なキャラをしていて、あたしはすっかりと人生観をめちゃめちゃにされてしまう（大げさ）のであった！

第二章

ARIOTO
onnadoushinoka
ARIENAIDESYO to
iihanonnanoko wo
hyakunichikan de
TETTEITEKINI otosu
yuri no ohanashi

開店前、バーの前をホウキで掃《は》き掃除《そうじ》してると、声をかけられた。

「わあ、鞠佳《まりか》ちゃん、すっごく似合う！」

「あれっ？」

聞き覚えのある声に振り返ると、そこにはキャリーバッグを引いた可憐《かれん》さんがいた。大きな帽子《ぼうし》をかぶって、エレガントで素敵《すてき》なコーディネートだ。

「可憐さん、もうお出かけしたんじゃなかったんですか？」

「ううん、これから飛行機だよ。その前に、ちょっとお店に寄っていこうかと思って。そうしたら、いいものが見れちゃった」

あはっと笑った可憐さんが、両手を胸の前で組み合わせて、満面の笑みを浮かべる。当たり前だけど、日の下にいても美人だ。

「すごいすごい、鞠佳ちゃん。バーテンダーの制服、とーって素敵ね！」

「そ、そうですか？　あはは、絢《あや》と同じサイズが着れてよかったですよ」

学校が終わってそのままやってきたあたしは、スタッフの制服に着替えてた。

黒のベストと、黒のタイトスカートで、バーテンダーの格好だ。普段、絢相手で見慣れてるつもりではあったけど、自分で着ると思った以上に窮屈《きゅうくつ》で、背筋が伸びる感じがする。

「リボンタイはアヤちゃんのアイデア？　すごくいいわね。ああんもう、かわいすぎ、食べちゃいたい」

往来《おうらい》で可憐さんに抱きつかれた。

オトナ甘かわいいスタイルの可憐さんだけど、その正体はライオンもびっくりの超肉食系女性なので、『食べちゃいたい』の発言が危ない意味に聞こえてしまう。あたしは「ははは……」と乾いた笑い声を出す。

「あれ、可憐さん？　まだ日本だったんですか」

絢もあがってきた。きょうの開店準備は、あたしと絢のふたりだ。途中から成人のスタッフさんが来てくれることになってる。

「えー！　ふたりとも髪結んで、お揃《そろ》いにしてるー！　かわいいー！」

黄色い悲鳴をあげた可憐さんが、スマホであたしたちを撮影し出した。うわ、恥《は》ずかしい。

一応、飲食店だからってことで、あたしも絢にならってポニテっぽくしてみたのだ。並んで立つと、確かに双子《ふたご》コーデみたいな感じになってる、かな。

「可憐さん、一段とテンションたかいね」

絢があたしに耳打ちしてくる。そう？　でもまあ。

「そりゃ、恋人との南の島デートだもんね」

可憐さんが旅行を決断するまでには、一悶着《ひともんちゃく》があった。

あたしがシフトに入りますよと申し出たのは、だまし討《う》ちみたいなものだったから、しばらく可憐さんは渋《しぶ》ってた。最後に背中を押したのは、バースタッフの皆さんだった。

絢とアスタが連絡して、スタッフのみんながどんどんシフトの穴を埋めてくと、ようやく可憐さんも断るタイミングを逸《いっ》してしまったことに気づいて、気持ちを切り替えてくれた。

ちなみに、それでも土壇場《どたんば》まで『相手が忙《いそが》しかったり、約束をぜんぜん覚えていなかったら、この話はぜんぶなかったことにするからね』って言い張ってた可憐さんだけど、その結果は……見ての通り。

改まって相手に南の島の話をするのは、バーを開店するとき以来の緊張だった、とのこと。

でもちゃんとあたしたちのために勇気を出してくれて、ありがとうございます、可憐さん！

いやあ、アスタもたまには人の役に立つってもんだね。うんうん。

というわけで、可憐さんの前で、いくつかポーズを取ったりして遊んだ後、ひとしきりＪＫを撮影して満足した可憐さんはにっこりと笑う。

「いやあ、ありがとうね、鞠佳ちゃん。ううん、鞠佳ちゃんだけじゃなくて、うちのスタッフの子たちみんな、だね」

「いいんですよ、可憐さん」

絢がスタッフ一同の気持ちを代弁するみたいに答える。

「みんな、可憐さんのことが大好きなんですから、それくらいはしますよ。可憐さんこそ、素敵な旅行をたのしんできてくださいね」

「あぁんもう」

可憐さんが心から幸せそうに声をあげた。

「なんていい子たちなの……。アヤちゃん、鞠佳ちゃん、帰ってきたらお礼に一晩中でも気絶するまで絶頂《ぜっちょう》天国に連れてってあげる！　ううん、気絶しても！」

『けっこうです』

声を揃えて断る。遠慮とかじゃなく、ガチで本気だった。


それから可憐さんは、店内を見て最後の点検を行ってから、タクシーで羽田へと向かった。

しばらくお店を離れるなんて初めてのことらしいから、いろいろ心配だったんだろう。

でも大丈夫《だいじょうぶ》ですよ。十日間、なんの問題もなく切り盛りしてみせますから、あたしと絢で！

ふっふーん、やる気に燃えたあたしは、テキパキと店内の拭き掃除を続ける。

そうこうしてるうちに、バーの開店時間が近づいてきた。そろそろ17時だ。

「じゃあ鞠佳、お外に看板《かんばん》出してきてもらえる？」

「がってんしょうちー」

　あたしは絢に言われて、スタンドボードを運んで階段をあがる。戻ってくると、絢が開店の手順をいろいろと教えてくれた。

「店外照明はここ。17時になったらスイッチ入れてね。あとは、一応もう一度ぜんぶのテーブルとイスを拭いてもらって、それと、レジの準備だけど……」

「ふんふん」

　いうて、あたしもファミレスで人手が足りない土日とかは、朝から働いたこともあるわけだし。やることも似たようなものだ。楽勝楽勝。

　そんな態度で説明を受けてると、絢がちょっとむっとした声を出した。

「鞠佳、遊びじゃないんだから、ちゃんと覚えてね」

「え？　うん、ぜんぶ聞いてるけど」

「メモも取ってないのに」

　いや、そんな大して難しい話もされてないし……。とか言い出すのも、教えてくれる絢相手になんか感じ悪いので、愛想笑いをする。

「あ、あはは、ごめんんね、でも、とりあえず今のところは大丈夫。ありがと」

「いいけど……。代わりに、わからないことがあったら、なんでもいいから聞いてね。鞠佳は初日なんだから、無理しなくていいから、呼んでね」

「承知いたしました、絢先輩」

敬礼みたいなポーズを取る。絢は特になにも反応せず作業に戻った。

絢はカウンターの中で氷――クラッシュアイスやキューブアイスなど、用途によってさまざまな種類があるらしい――の用意をしてた。カウンターセッティングっていうんだとか。

狭いカウンターから一歩も出ないで済むように、あらかじめ準備を整えるんだって。

なんか、絢の顔がこわばってる気がする。あたしとふたりだから緊張してるのかな？

「えい」

「ひゃっ⁉」

テーブル拭きを洗いにきたついでに、絢の脇腹《わきばら》を突っついてみる。すごいかわいい声をあげて、絢が背筋を反《そ》らせた。

「鞠佳っ」

「あはは、ごめんごめん」

頬《ほお》を膨《ふく》らませた絢が、あたしを叩《たた》くフリをする。あっけらかんと笑って、再び店内のお掃除。

さて、17時になったので店外照明をつけて、表の札をオープンに変えてくる。

お、さっそくお客さんがふたり入ってきた。

普段着姿の女性で、あたしのお母さんぐらいかな。あたしは笑顔で「いらっしゃいませー、お好きな席にどうぞー」と案内する。

お姉さん方は慣れた態度で、入口付近のテーブル席に座った。

　すると、絢が慌てた顔で、あたしを手招きする。

「鞠佳、鞠佳、そうしたらメニューを出して、あ、あと荷物があるなら、えと、荷物カゴを案内して、荷物カゴっていうのはレジの脇にある、あの」

「りょーかいりょーかい」

　絢が言い終わる前に、あたしはちゃかちゃかと歩いてく。

「ご注文が決まりましたら、お声がけくださいね。カバンなどは、こちらにどーぞー」

　お姉さんが「あら」と声をあげる。

「初めましての方？　すごい、また若い子が入ってきたのね」

「可憐さんに憧《あこが》れて？　それとも他の誰《だれ》かかな？」

「あはは、違いますよ。あたしはただのヘルプです。しばらくの間、お店を手伝うことになりまして」

「あ、そうなんだ？　それじゃあ、とりあえずカルーアソーダもらえる？」

　それは確か、お酒だったような。

　カウンターを見やると、絢は青ざめた顔でブンブンブンと首を横に振ってる。

　あたしはお客さんに向き直って、頭を下げた。

「すみません、今ここに未成年しかいなくて、お酒まだ出せないんですよー。もうちょっとしたら、成人のスタッフが来ると思うんですけどー」

表の看板には書いておいたんだけど、まあ、ああいうのちゃんと見てる人のほうが少数派だよね。特にこの人たちは、常連さんっぽいし。

「あら、そうなの。じゃあそうね、ふたりでノンアルのカクテル頼みましょうか」

「うん。こういう機会じゃないと、なかなかアヤちゃんに作ってもらうことないもんね」

ふたりは楽しそうに言い合って、やがてカクテルをふたつとナッツを注文してくれた。わー、いい人で助かったなあ。あたしも笑顔でオーダーを取って、カウンターへと戻ってくる。

「絢、ナッツはここの棚かな？　こっちはあたしが用意するね」

すると、絢の返事がない。

あたしは顔をあげた。ん？

――絢が愕然《がくぜん》とこっちを見ていた。

なぜ⁉

「な、なに……⁉」

「鞠佳……え？　きょうが初出勤……？」

「そうだけど……」

「私がシフト入ってない日にこっそりとアルバイトしてた……？　それとも、これ、可憐さんによるドッキリ……？」

「絢⁉　ちょっと、絢⁉」

肩を摑《つか》む。カメラを探すようにあちこちを見回す絢は、うつろな目をしてた。

なんだ⁉　どうした不破《ふわ》絢⁉

「鞠佳は、すごいね……。お客様を案内するのも、メニューを出すのも、お客様の疑問にお答えするのも、オーダー取るのも、なんでもできちゃうんだね……鞠佳は、天才だね……」

「そこまで言う⁉　いや、あの！　あたしもちょっとは緊張してたから！　ね、ね⁉　注文！　注文がありますので、絢さん！」

「カクテルだって、もう鞠佳が作った方がおいしくなるんじゃないかな……」

「ありえないから！」

ノドまで出かかった『あたしの仕事なんて誰でもできるやつじゃん！』て言葉を、必死に飲み込む。絢は不器用で、誰でもできるようなことができずに悩んでたんだから……！

そうか、絢が意気込んでたのは、あたしが接客のド素人《しろうと》だと思ってたから、自分がしっかりしなきゃの精神だったのか。いじらしい女だな、こいつ……。

「ほら、あたしはここが初バイトじゃなくて、四箇所目だから……。だからこう、いきなり経験値がね、それなりにあってね。iPhone使ってる人が説明書見なくても、新作をなんとなく使えるようなものだから。ね、ね、あたし絢のお仕事してるかっこいい姿が見たいなあ」

「うん……………」

絢が気落ちした顔でシェイカーに飲み物を注《そそ》いでるので、あたしはそんな絢に「こらこら」

と声をかけた。絢の手が止まる。

「お客さんの前なんだから、絢こそスマイルスマイル、でしょ？」

「あ……うん」

ようやく気付いた風に、絢は口の端を吊《つ》り上《あ》げた。なんともぎこちない笑顔だけど、さっきよりはぜんぜんマシ。

「そだね、ごめん、鞠佳に励まされてたら、先輩としてはずかしいね」

「そーですよー？　絢セ・ン・パ・イ」

わざとらしく告《つ》げると、絢は一瞬むっとした。絢を元気づけるなら、褒《ほ》めて優しくするより、こっちのが手っ取り早い。あたしだっておんなじだから、自分のことのようにわかる。

絢は張り合うみたいに笑顔を見せてきた。

「……はいはい。私はちゃんと私の仕事をするから。鞠佳も引き続き、その調子でがんばってね。頼りにしているよ、後輩ちゃん」

一度はショックを受けた様子の絢も、なんとか立ち直ってくれたみたいだ。まったく、手がかかるんだから、絢ってば。シェイカーを振る姿はやっぱめちゃくちゃ美人だけどね！

それから一時間ほど。お客さんはのべ六人やってきて、あたしも絢もようやく緊張がとけてきた辺りで、スタッフさんが出勤してきた。

「お疲れ、アヤさん。それに、新人ちゃん」

やってきたのは、ぱっつん前髪で、後ろをみつあみに結んだ女性だ。

「ど、どうも、お疲れ様です」

頭を下げて見送る。スタッフの女性はスタスタとバックヤードに引っ込んでいってから、ぱぱっとバーテンダーの衣装に着替えてホールに出てくる。

ピンク色のタイをつけて、絢よりやや長いスカートをはいていた。どこか不健康そうなメイクが、しかし夜のお店で働く女性っぽくて、よく似合ってる。

「さって、そんじゃやりますか、っと。可憐さんのためだもんね」

「紹介するね、鞠佳」

早速、絢が間に入ってきてくれる。

「こちら、モモさん。21歳の大学生。今いるスタッフの中で、モモさんとアゲハさんだけ、私より後に入った人なの。モモさん、こちらは鞠佳。可憐さんの旅行中の間だけですが、どうぞよろしくお願いします」

「鞠佳です。いろいろご迷惑かけるかもしれませんが、どうぞお手柔《てやわ》らかに……」

ぐいっと顔を近づけられた。つり目がちの大きな目が、あたしを覗《のぞ》き込む。

へっ？

「知ってんよ、マリカちゃん……。アヤさんのカノジョ、ね」

「え、ええ、まあ」

妙な圧力を感じて、目をそらす。

実は、ここのスタッフ全員とはちゃんと顔を合わせたことがある。クリスマスパーティーの日だ。あたしは絢とふたりでドレスを着せられたから、スタッフさんもあたしのことを覚えてるだろう。

そんなモモさんは、初っぱなから喧嘩腰《けんかごし》でやってきた。

「噂《うわさ》は常々、アヤさんから聞いているけど……言っとくけど！　あたしはアンタのこと、認めてないから！　どうせアヤさんの顔がいいからって付きまとっているうちに、なんとなく情がわいたアヤさんのことを、騙《だま》くらかしたんでしょう！」

「え、ええ……!?」

ちょっとまって、さすがにこれは予想外。

モモさんは絢をかばいながら、さらにあたしに向かって思いっきり指を突きつけてきた。

「アヤさんはこんなに不器用で真面目《まじめ》でおとなしいから、押し倒せばどうにかなるって思ったんじゃないの!?　この、いかにもウェイ系って感じの見た目しやがって！」

「ええーと………」

おとなしい？　誰が？　押し倒す？　誰に？

あたしのほうがめためたにされたんだけど……。

じーっと絢を見つめると、焦《あせ》った顔で謝ってきた。

「ご、ごめんね、鞠佳。普段こんなこと言うひとじゃないんだけど、モモさん。今、就職がぜんぜん決まらなくて、殺気立ってるみたいなの」

「誰が62社連続お祈りメールじゃい！」

「可哀想《かわいそう》……」

「おい同情すんな新人ちゃん！」

またもびしっと指差される。うげ、と身を引く。カウンターに座ってるお姉さんが、サーカスの演目を見物するような目で、楽しげにこっちを眺めてた。恥ずかしい！

「だから！　あたしはアヤさんと違って厳しいからね！　使えないと思ったら、ソッコー追い出してやるんだから、せいぜいキリキリ働きなさいな！」

モモさんはそんな私怨《しえん》たっぷりの先輩としてのセリフを吐《は》いて、それきりあたしに背を向けた。カウンターの場所を絢と交代して、注文の入ってたアルコール飲料を作り始める。

いやあ……なんか、すごい人だな、この人。

呆気《あっけ》にとられてると、絢があたしの手首を摑んできた。そのまま、バックヤードまで引っ張られてゆく。

「ごめんね、鞠佳、ごめんね」

「え？　うん」

あたしより絢のほうがよっぽど気まずそうな顔だ。

「違うの、モモさんも、悪いひとじゃ……。もしかしたら、お腹減《なか》ってるのかも……最近ダイエットしているって言ってたし……」

「いや、そういうんじゃないと思うけど……」

フォローが下手《へた》すぎる絢に、うっかりときめいてしまいそうになる。お腹減ってるってなんだよ。かわいいなこいつ。

とはいえ、だ。間に立ってオロオロする恋人はかわいいけど、いつまでもそのままにしておくのもかわいそうだ。あたしは顎《あご》に手を当てて、訳知り顔に笑ってみせる。

「モモさん、だいぶあたしのこと、気に入らないみたい」

たぶんこのお店が好きで、内と外をぱっきりと分けて考えるタイプの人なんだろう。あたしの仲間内だと、悠愛《ゆめ》がそういうタイプだ。

「うん……。でもね、他のスタッフさんとはちゃんとうまくやってるから、たまたまきょう、水たまり踏んじゃったとか、虫の居所が悪いのかも……」

「まあまあ、大丈夫大丈夫」

「え？」

肩をポンポンと叩く。

「あたしが自分でなんとかするよ」

「なんとか、って……。え?」

あたしは小さくピースサイン。

「昔っからね、あたし。最初から優しくしてくれる人より、どっちかというと冷たく当たってくる人のほうが、仲良くなるの早いんだよね」

絢を安心させようと、あたしは自信満々に言い放った。

実際、ただの虚勢《きょせい》ってわけじゃない。

あたしの経験上の話なんだけど、優しくしてくる人は、誰にでも人当たりがいい分、真意が見えづらい。どこが大切なキーかがわかりづらいから、仲良くなるにも時間がかかるのだ。

その分、感じ悪い人は素直だ。だって自分の感情を表に出して、しかもぶつけてきてくれるんだから。加工されてないナマの心は、おさわり自由。あたし次第で、どうとでもできる。

バーのお仕事初日ということもあり、あたしはやる気だった。

たとえ十日間でも、十年でも同じこと。

バーを働きやすい場所にするために、全力を尽くすのだ。

「あたしが曲者揃《くせものぞろ》いの北沢《きたざわ》高校で人気者に上り詰めたのは、ダテじゃないってところ、絢に見せてあげるから」

とっておきの手品を披露するマジシャンになった気持ちで、あたしはホールに戻ってゆく。

あとには心配そうな顔をした絢が残されたままだったけど……まあまあ、見てなさいってば。

それから、あたしの謎《なぞ》の戦いが始まった。

「ちょっと新人ちゃん！　チェイサーの用意は！」

「もう済んでまーす」

「……ふんっ」

「アヤさんにグラス磨《みが》かせて、自分はなにしてるの！」

「すみません、お客様が道がわからなくなったそうで、駅への順路を説明してきました」

「……あ、あっそう！」

「ほら、あのお客様ちょっと飲みすぎなんだから、出入口の階段は支えてあげなきゃ！」

「でもモモ先輩、見てくださいよ。ほら、お連れ様がちゃんと付き添《そ》ってあげてますよ。付き合ったばかりの方なんでしょうね……ふふ、吊り橋効果ならぬ、階段効果、ですね」

「ぐぬぬぬ……！」

決してお客さんには聞こえないような小声で怒ってくるモモさんを、かわし続けること、しばらく。ただ、かわしてばかりじゃ勝負にはならないので（いや、勝負ではないんだけど）たまには、こちらからジャブを打ってみたり。

「ふう、お疲れさまです、モモ先輩」

「……あんた、仕事はそれなりに、できるみたいね」

「そう言ってもらえると、嬉《うれ》しいです！」

あたしは大げさに喜んで、モモさんの手をぎゅっと包み込むように握る。モモさんは驚いて目を丸くしてた。

「ちょ、ちょっと……」

モモさんがあからさまに動揺する。あたしは内心の笑みを隠して、健気《けなげ》な笑顔を作った。

「あたし、絢と同じバイト先で働くことになって、すごく不安で……だからきょうは全力でがんばろうって決めたんです。だって、絢の前で、かっこ悪いところ、見せたくないですもん」

ちょっと誇張《こちょう》したけど、嘘《うそ》は言ってない。

絢に張り切る姿を見てほしかったのは本当だからね。

じっと目を見つめて微笑《ほほえ》んでると、モモさんは唇を尖《とが》らせながら目をそらした。

「そ、そう……。だったら、まあ、がんばんなさいよ」

「はい！　でも、モモさんが同じシフトで、よかったです。いろいろと指示してくれますから、余計なことを考える余裕もなくって」

「……あたしが、口うるさいってこと？」

ギロリと睨《にら》まれても、笑顔でスルー。

「あはは、違いますよ。絢の前で失敗したらどうしようって、ずっと不安だったんです。でもモモさんに言われたことを一生懸命取り組んでるうちに、心がスッと軽くなって。考えるよりまず体を動かせ、ですよね！　あたしこのお店大好きだから、お役に立てて嬉しいです！」

モモさんは口をごにょごにょ動かすと「そ、そう……」と言って、あたしの手を振りほどく。

そのまま、釈然としないような顔で、仕事に戻っていった。

お客さんに呼ばれる。あたしはニッコニコの笑顔で手を挙《あ》げた。

「はーい、ただいま！」

どうしよう、どんどん気分が乗ってきた。

あたしって逆境に燃えるタイプなのかもしれない。『絢のことが大好きで大好きでたまらない純真無垢《むく》な高校生』のキャラを演じてるうちに、そのキャラがますますあたし自身の気分を盛り上げる。ランナーズハイならぬ、ワーカーズハイだ。

「いらっしゃいませー！　お好きな席にどうぞー！」

その様子を見守ってた絢の一言が、なぜかあたしの耳に残った。

「鞠佳……こわ……」

＊＊＊

あたしと絢は労働基準法によって夜22時までしかアルバイトが許《ゆる》されてないので、あとのことはモモさんに任せて退勤した。

その翌日。

再び18時ちょい過ぎにやってきたモモさんは、この日は出勤時から様子が違ってた。

「お疲れ、アヤさん。それに……マリカちゃんも」

モモさんはきょうもかわいい衣装を着て、隣を抜けながらぼそぼそとつぶやく。

あと一押しだった。

「はい、モモさん！　きょうもよろしくお願いしますね！　モモさんと一緒に働けて、嬉しいなあ」

するとモモさんは、くすっと口元だけで笑ってくれた。

「なあに恋人の前でチョーシいいこと言ってんのよ。でも、ま、張り切りすぎて、空回りしないようにがんばりなさいね」

「はーい！」

あたしはきょうも元気よく返事する。やばい楽しい。

人間の感情は、マイナスからフラットに戻すのがいちばん大変だ。憎《にく》む相手がいるっていうのは、憎む理由があるから。もしぜんぜんくだらない理由でも、そこにコストを支払ってる以上、人はそう簡単に考えを曲げられない。

だから、ちゃんとお喋《しゃべ》りしてくれるようになったモモさんは、もう、秒読み寸前だ。

あの手この手で、人からの好感度を稼《かせ》ぐの……生きてるって感じ！

モモさんが更衣室に入っていったのを見届けてから、目を輝かせて絢に宣言する。

「というわけで、絢。あとちょっとで仲良くなれると思うから、見ててね！」

「鞠佳、すごいっていうか……なんていうか、ちょっと引いてる……」

「なんで!?」

こうして宣言通り、あたしはモモさんと仲良くなった。

二日目に退勤する頃《ころ》には、

「あ、マリカちゃん、アヤさんをよろしくね。そだ、今度一緒に服も見に行こうねー」

「えー、モモ先輩、お祈りメールの返信忙しくて、そんな暇《ひま》あるんですかー？」

「なに言ってんの！　次こそ射止めてみせるっての、面接官のハート！」

「あはは、モモ先輩かわいいから、イチコロですね！」

と、軽口をたたき合うような関係にすらなってた。

新宿駅までの帰り道、手を繋《つな》いだ絢が、まるで南蛮人《なんばんじん》を見る戦国時代の人のような顔をしてる。ていうか、きょうずっとこんな顔してる。

「鞠佳って……実際見たのはじめてだけど、あんな露骨《ろこつ》に態度を変えられるんだね……」

「え？　いやあまあ、学校でも割とやってると思うけど」

ただ、もともと絢の知り合いだった人と仲良くなるのは初めてだから、それで絢は違った印象を抱いたのかな？

歩幅を大きくして、繋いだ手を振りながら歩く。

「あたしってほら、楽しいのが好きだから、みんなと仲良くするためだったらこれぐらいは自分から行かないとね。もちろん、あたしが楽しくなるためにやってることだけど、あたしとモモさんが険悪だと、絢も嫌《いや》な思いをしちゃうでしょ？」

「う、うん……」

そう言うと、絢が『頭ではわかってるけど』って顔で、眉間《みけん》に力を込めた。

「なんか……女の子って、こわいね」

「なんで⁉」

あんなにがんばったのに⁉　夜の新宿にあたしの声が響いたのだった。

＊＊＊

「マリ、あれからどう？」

学校のホームルームが終わって、よっしゃこれからまた一仕事、と気合を入れてマスクして立ち上がったところで、知沙希《ちさき》と悠愛に声をかけられた。

「アルバイト、大変そうなら、あたしたちも協力するよ！」

「えー、めっちゃ友情じゃんー！」

マスクの奥の口元が、思いっきりニコーっとしちゃった。

「だったら、あたしの代わりに花粉症《かふんしょう》を引き取ってやってほしいんだけど」

『それは無理』

声を揃えて、ふたりに拒絶された。ちくしょうめ。

まあ、お昼ごはん食べた後に、きょうも追加で花粉症のお薬飲んだから、しばらくは平気そうだけどさ……。眠気は根性で打破するよ。そのためにもテンション上げていかないと！

「ま、だいじょぶだいじょぶ！　接客業の経験値活《い》かして、なんとかやれてるよ。っていうかね、毎日すっごい楽しいかも」

「えー⁉　ほんとに⁉」

「ま、確かに、見てたらなんかそんな感じする。生気あふれてるっていうか」

知沙希が上から下まで眺めてきたので、あたしはドヤ顔で胸を張る。

「なんか、人生はチャレンジっていうか？　あたしね、新しいことに挑戦してるときが、いちばんテンション高いかもって思うんだ。やっぱり退屈《たいくつ》は敵だね。あと花粉」

「花粉は関係ないだろ」

笑いながら突っ込んできた知沙希。いや冗談じゃなくて、それがいちばん許せないところなんだけどな……。今が春でさえなければ、あと8割増しで性能アップしてたのに。

そこで、準備を終えた絢が声をかけてきた。

「おまたせ、鞠佳。一緒にかえろ――」

「――ね、鞠佳ちゃん！」

誰かが間に入り込んできた。柚姫《ゆずき》ちゃんだ。

「きょう帰り、カラオケとかいこーよー」

「え？　あ、ごめん、あたしバイトでさ」

そのとき、柚姫ちゃんの向こう側で、絢が伸ばしかけた手を引っ込めていくのが、スローモーションで見えた。

あっ、ちょっ！

「あー、そうなんだ。そういえば最近、新しいバイト始めたって言ってたよね、鞠佳ちゃん。すごいなー、働き者だねー。あ、ねえ、だったらゆずこないだ、学校近くにすっごくいいカフェ見つけちゃってさ～。今度一緒に～」

柚姫ちゃんは絢や悠愛に疎《うと》まれてることに気づいてるのか気づいてないのか、その場に居座って話し始める。メンタル強すぎでしょこの子。

絢がさっさと廊下に出ていった。こ、こら、目的地一緒なのに！

「ごめ、急いでるから！　またね、知沙希、悠愛、柚姫ちゃん！　じゃーねー！」

あたしはリュックを翻《ひるがえ》して、たったかと廊下に出る。絢の姿はもう豆粒みたいになってた。足速いんだから、もう！

学校では相変わらず、グループが分裂したままだ。

柚姫ちゃんに『あんまりボディタッチ好きじゃなくて』って言ったら、最初のほうは頻度を下げてくれたみたいだけど、それでもあんまり改善しなかった。

本当はもっと強めにガツンと言ってもいいんだけど、でも知沙希が『まあ、そのうちユメも折れるだろ』って言ってて！　お前、かわいい女の子相手だから甘いんだろ！　そうだろ！

ほんと、アスタのときの教訓がなにも活きていない。毒舌が売りのキャラ、１６７センチの知沙希《ちーちゃん》ちゃんは、自分より身長15センチ低い女の子に対して、猫撫《ねこな》で声《ごえ》しか出せなくなるのであった……。

あたしが好きとか嫌いとかの相手にはいくらでも方法があるけど、友達間のバランスを取るのが実は一番めんどくさい。まあ学校なんてそんなのばっかりだけどな！

下駄箱《げたばこ》を出た辺りで、ようやく絢に追いついた。

「ちょ、ちょっと、絢、速い、速いから……」

「ああ、もう終わったんだ、鞠佳」

「んもう……」

息を整えて、絢の横に並ぶ。

「あの子にデレデレしてるのは知沙希のほう。あたしは、ふつーに友達としてお喋りしてるだけだっての」

「……ごめん」

謝られるのも、またなんか違うんだよな……。

絢は目を伏せて、とつとつと語る。

「鞠佳ってほんとうに、どんなところでもうまくやれるんだろうな、って思って。私はそうじゃないから、できれば空気は悪くしたくないの」

「……だから、最初から関《かか》わらないようにしてる、って？」

こくりと絢がうなずいた。その言い方だと、柚姫ちゃんがグループにいることは、絢にとっては納得済みのように聞こえる。

「鞠佳の世界を、せめてじゃましたくないから。私のできないことをしてる鞠佳も、クラスで明るく輝いている鞠佳のことも、大好きだから。いやじゃないから、大丈夫だよ」

「そ、そっか」

悠愛みたいに、てっきり柚姫ちゃんへの罵詈雑言《ばりぞうごん》を浴びせてくるかと思えば……。

でも、きっとヤキモチは焼いてるはずなんだよなあ、絢……。今回はそれを表に出さないようにがんばってるのが、絢にとっては努力ポイントなんだと思うけど……。

グループに戻ってくる気もないみたいだし、あんまり溜《た》め込《こ》ませるの、こわいんだよ……。

空き教室に連れてかれたっていう前例がありますもので……。

だったらせめて、どこかでガス抜きぐらいは……。

って今、お互い禁欲中なんだった！

なんで禁欲なんてしてるんだ……？　いや、それはもうちょっと冷静にお互いを見つめ直すために……。ああ、絢がおとなしいのは、あたしにお仕置き食らってる最中だからっていうのもあった……。実際は痛み分けなんですけどね……。

いやいや、そうじゃない！　すぐにえっちなことに結び付けなくてもいいでしょ！　ふたりでお出かけしたり、お買い物するだけだってじゅうぶん楽しいもん！　絢もそのはず！

「あ、あのさ、絢。もしよかったら今度の休みに」

そっと絢の背中を触る。

すると絢は、こっちがびっくりするぐらい大きく背を跳ねさせた。えっ？

「あ、絢？」

「……な、なに？」

顔が赤い。たぶんあたしも。

……もしかして。

「絢さ、その、禁欲生活、続けてるんだよね」

恥ずかしそうに絢が目を泳がせる。

「それは、うん。約束、だし」

学校近くだから、あんまりベタベタはできないけど、精一杯に顔を近づけて問う。

「今のって……だから、だったりする？」

目を伏せた絢は、まるでお風呂上《ふろあ》がりみたいに顔を火照《ほて》らせて。

「……わかんないけど、そう、かも……」

やばい。なんか、これ……や、やばい！

絢をまともに見れないよ！

ヘンな空気になっちゃったじゃん……！　ここは絢を煽《あお》ってみる？　絢ってばあれから何日も経《た》ってないのに、もうそんな発情しちゃったのー？　まったくもう、さすがにエッチすぎだよ、とか？

でも今の絢がそれを聞いて、しおらしく『……うん』って言ってきたら？　すべてが終わっちゃうよ。今すぐ絢を空き教室に連れ込んで、めちゃくちゃにするしかない！

嘘！　学校ではやだ！　じゃあどこならいいの⁉　ホテル⁉　バーの休憩室⁉　てかあたし

の部屋⁉　これからバイトだってのに！

だめだめ、とりあえずなんでもいいから言って、この空気を吹き飛ばさなきゃ。

「……あ、絢って、そんなにいっつも自分でしてるのー？」

くっ、少し照れが入っちゃったから、想定より少しマジっぽいかもしれない……。

だけど、赤面した美少女はさすがにちょっと頬を膨らませる。

「やだ、いわないよ」

「なんか前は、聞いてもいないのに答えてきたくせに」

「おぼえてない。でも、いわないから……」

よくわかんないけど、絢は意地になってそっぽを向いた。

もちろんあたしも恋人のセルフプレジャー事情を詳《くわ》しく聞きたいわけではないので、これでいい。ちょっと話題を転がしたかっただけだから。今、素直に教えられても、ドキドキするだけだから！

でもそのぶんだと、一週間に一度とかの頻度じゃなさそうだけど……。いや、いいから！　想像するなあたし！　シッシッ！

「鞠佳、だいじょうぶ。がまん、する。……あと一週間ぐらい、だから」

「え⁉」

なのに、想像よりもよっぽどかわいい絢が、耳まで赤く染めてそんなこと言うものだから、

あたしはもう、思わず！　絢に思わず……。

……いや、思わずれなかった。こくんと力なくうなずく。

「そうだね……。がまん、がまんね……」

あと五分あると思ってた休み時間が、急に終わってしまったような寂《さび》しさを胸に抱く。

「……うん」

えっ……ていうかこれ、あたしががまんできるかな……⁉

顔面を手で覆《おお》いたい。恥の感情が喉《のど》までせり上がってきた。うう、なんなんだあたし……。

どうしてこんなにえっちになっちゃったんだ……。

違う。絢がえろすぎるんだ。あたしのせいじゃない。こんなのはさすがに絢のせいだよ！

普通に歩いてるだけなのに、絢から立ち上る色気がもう、すごくてさ。あたしがこんな風に内心でドキドキして、絢を見れなくなっちゃったりするのは、絢の存在がえろいから――。

――って、これ、前に絢の言ってたヘンタイの理屈じゃん⁉

あたしは愕然とした。

榊原《さかきばら》鞠佳はどうしちゃったんだよ！

労働で体力を発散はできてるんだよ。家に帰ると、疲れ果ててすぐ寝ちゃうからね。なのに現物の絢を前にすると、それはそれ、これはこれって感じで、なにもかも絢に引きずられちゃう……。

「あ、あと一週間だからね」

「……うん、だいじょうぶ」

あたしたちは長いレースの道のりを励まし合うみたいに、新宿へと向かう。

きっとお互いに、悶々《もんもん》とした気持ちを閉じ込めたまま……。

ほんと、誰が禁欲なんて言い出したんだよ！　ばか！　ばか！　榊原鞠佳！


バイトも本日で四日目。

ちなみに、昨日はアゲハさんと一緒だった。

アゲハさんは24歳、歯科衛生士をやっていて、見た目は清楚《せいそ》できれいなお姉さん。まじで美人しかいないのな、このバー、って思った。顔採用かな？

細《こま》かいことも優しく丁寧《ていねい》に教えてくれて、もうほんと、ただただラブって感じ。モモさんみたいな人ばっかりだったらやりがいにあふれちゃうなー！　と思ってたあたしの警戒心を、すべて除去してくれた。そう、まるで歯石《しせき》みたいに……。

そんなこんなで、バーに到着。絢がカギを開けてセコムかなんかのセキュリティを解除して、中へと入る。

バーは最低限の片づけを除いて、営業終了後のままだった。

いつもは可憐さんが遅くまで残って翌日の仕込みやらなんやらをするらしいんだけど、現在は成年スタッフ組に早く来てもらう代わりに、早く帰ってもらって、手間のかかる後片付けはあたしと絢が営業前に引き受ける、という変則シフトになってるのだ。

というわけで、バーテンダーの制服に着替えてくると、絢は忙しそうに働き出したので、あたしもまずは清掃から始める。

トイレを掃除して戻ってくると、絢は真剣な顔でノートを片手にお酒やジュースの量をチェックしてる最中だった。

なんか、働いてる恋人のいつもと違う横顔にドキッとする、みたいなのさ、よく聞く話だけど……。あたしは胸の中でいっぱいうなずいた。わかる………。

絢って、学校じゃのほほんとしているし、委員会も部活もやってないし、あたしといるときは恋人モードだから、こういう真面目にがんばってる姿って、それこそバーでしか見られないもんね。

昔、ファミレスでアルバイトするかどうかを決めるときに、絢に『一緒にバーで働くのは？』って誘われたことがあった。

今思えば、可憐さんだってそんなに未成年スタッフ雇ってどうするんだ、って話だったろうから、どっちみちなんだけど……あのとき、ＯＫしなくてほんとよかった。だってこんな絢を毎日見せられたら、お仕事どころじゃなくなっちゃう。

はー……。あたしのカノジョ、アベレージ最強……。お美しい……。

「鞠佳、どうかした？」

「いえ！」

いつの間にか手が止まってた！　これだからほんと、ファミレスバイトにしてよかった！

「あ、なんかね、昨日より後片付けが丁寧だなーって思って」

「うん、そうだね。アゲハさん、残ってくれたみたい。カウンターセッティングも、ちょっとやってある」

「大人っぽくていい人だったよねー。美人で、まさしくきれいなお姉さんって感じ」

「そうだね、アゲハさんはいい人だよ。おおむね」

「お、絢イチオシのスタッフさん？」

「私は、それだったら……シオリさんかな」

まだ会ったことない人だ。

「いい人なの？」

「このバーで唯一の常識人だとおもう」

「唯一て」

そんなにモラル低くないでしょ。そもそも可憐さんがいるのに。

働きながら、急ごしらえのシフト表に書いてあった名前を思い出す。

「きょう来るのは、トワさんだっけ。どんな人かな、楽しみだなあ」

するとしばらくして、絢のうめき声が聞こえてきた。

「そっか……きょう、トワさんか……」

なにそのリアクション。

「え、ええと。どういう人なの？　たぶん、顔は見たことあると思うんだけど」

「い、いい人だよ。でも、あんまり鞠佳には近づけたくないかな」

なんか『いい人』の前置きがもう、予防線にしか聞こえないんだけど……。

「それは、どういった意味合いで」

絢は、精一杯言葉を選んで、告げてきた。

「性格が悪い、ところがある、かな……」

なるほど？

「じゃあ、知沙希の性格の悪さが100だとすると、トワさんは？」

「53万ぐらい」

「その人もうマフィアのボスとかじゃない⁉」

開店前の店内に、あたしの叫《さけ》び声が響いた。絢にしてそこまで言わせるトワさん、いったいどんな人なんだ……。

女子高生ふたりが働くバーは、きょうもこうして無事オープンしたのだった。

平日なので、お客さんの入りもそこそこ。バイト四日目ということで、ノンアル飲料を勧めるのにもだいぶ慣れてきた頃合《ころあ》い。

19時前ぐらいに、例のトワさんがやってきた。

「はーいお疲れー。きょうはよろしくね、女子高生ちゃん」

それは、いかにも都内住みの上品な女子大生って感じの、フェミニンスタイルな女性だった。絹《きぬ》みたいな明るい髪をボブカットにして下ろしてて、身長はあたしたちよりちょい高め。その上にヒールだもんで、明らかにスタイルがいい。

外見だけなら、今すぐにでもお天気お姉さんになれそうなほど、隙《すき》のない美貌《びぼう》。どこか親しみやすかったモモさんや、笑顔が優しかったアゲハさんに対して、なんというか、強キャラっぽい印象を受ける。

「あ、えと、よろしくお願いします。あの、あたしは」

トワさんはにっこり笑いながら、あたしの言葉を遮《さえぎ》るでもなく、自然に引き継ぐ。

「そりゃ知ってるよー。私もアヤちゃんとの結婚式にいたもん。あれ、本当に素敵だったよねえ。クリスマスに毎年やってほしーなー」

「それはちょっと……恥ずかしいので」

「あはは、その恥ずかしい姿を見て、お客さんみんな喜んでいたんだから、まったくみんなろくでもない大人ばっかりだよね。ともあれ、きょうもお仕事がんばろうね」

「は、はい」

トワさんは手をひらひらと振って、バックヤードに入ってゆく。他人を自分のペースに巻き込むのが巧《たく》みな人だ。純粋に、接客業が上手《じょうず》そう。

あたしがフロアで接客してる間に、バーテンダーの制服に着替えたトワさんがカウンターに入ってた。すらっと背の高いトワさんと絢が並ぶと、まさしく夜の華《はな》って感じする。うーん、美女が接客してくれるバーだ……。

トワさんが入ると一斉にアルコールの注文が来るので、途端《とたん》に忙しくなった。

絢とトワさんが次々と飲み物を作って、あたしがそれをお届けする。注文を聞いて、カウンターに伝える。お客さんが気分良く過ごせるように対応をして、笑顔を振りまく。

うまい具合にお店が回り出すと、気持ちよくなってくる。人を楽しませたい、心地よい空間を作りたいっていうあたしの欲求が、このバーではグングンと満たされてゆく。

バーでのバイト、楽しい……。

とりあえず一時間ほどで、お店も落ち着いてきた。

客足が途切れたタイミングで、絢に休憩に入ってもらって、あたしはトワさんに話しかけてみる。怖いもの見たさってわけじゃないけど、とりあえず話してみないと始まらないしね。

「トワさんも、女子大生なんですよね？」

「うんー、院だけどね」

トワさんが名前を挙げたのは、あたしでも知ってるぐらいブランド力のある名門女子大だった。えっ、すごい。

「大学ってどうですか？　やっぱり高校とは違いますか？」

「そうだねー、違うねー。大学生は割とみんなバラバラだからさ。ちなみに私は人間発達学専攻でね、途中で転科しちゃったんだけど、今はアルカリフォスファターゼの研究してるんだ。あはは、ぜんぜんわからないって顔してるね」

「は、はあ」

「ＡＬＰっていうのは要するに、体中を流れている酵素でさ」

トワさんは専門的な内容を、噛《か》み砕《くだ》いて説明してくれた。つもり臓器が損傷すると血液中のアルカリなんとかの量が増えるので、そこから体の調子がわかるのだという。なるほど。

「人の役に立つ研究、みたいな感じですか？」

「違う違う。楽しいからやってるんだよ。意外とね、やってみればなんでも楽しいって話。入った後のことなんて、今から心配しなくたって大丈夫だよ。私も高校のときは、遊ぶことしか考えてなかったから」

そう言うと、トワさんはにっこり笑った。

え、なんか普通に、すごいいい人って感じなんだけど、トワさん。

絢にさんざん脅されたからすごい警戒しちゃったけど、普通に話しやすいっていうか。大人の余裕みたいなものを感じられる。

モモさんのときはがんばって気に入られてやるぜ！　って感じだったけど、別にがんばらずに済むならそれでいいんだよ。人間には寿命ってものがあるんだから。

なんだかあたし、トワさんとはすぐ仲良くなれそう。

「トワさんも高校生の頃は遊んでばっかりだったんですね。わかります。あたしも友達に会いに学校行ってるみたいなもので」

にこやかに言葉を交わす。

「友達だけじゃなくて、アヤちゃんに会いにも、じゃない？」

「え？　いやあ、まあ、そういうところもなきにしもあらず、ですかねー。あはは」

すると、そのままのトーンでトワさんが尋ねてきた。

「マリカちゃんは、いつもアヤちゃんとどんなエッチしているの？」

「え？　いや、あたしはー」

…………。

「え⁉」

トワさんを二度見する。トワさんは何事もなかったかのように。話を進めてゆく。

「まだ高校生だもん、場所とか大変だよねー。お互いの家でできたらいいけどさ、毎回ホテルに行くお金なんてないしね。あー、私もよくカラオケでしてたなー懐かしー」

なんか、なんか、こんなにストレートに聞かれることある⁉

あまりにも自然に話題がシフトしたから、勢いでぽろっと喋りそうになったよ今！

あたしは内心おののきながら、答える。

「いや、お互いの家、とかですけど……」

「あ、そうなんだ？　いいねー」

トワさんは清々《すがすが》しく笑ってた。

え、これあたし、どういう顔してればいい？

いや、でも確かに学校で下ネタぐらいは話すもんな。あたしは表向き恋人がいないってことになってるからアレだけど、彼氏がいる子とかはフツーに昨日エッチしてさーとか言ってるし。

そう考えると、そこまで際《きわ》どすぎる話題ではないのかも……。

「あ、でもね、ふたりとも同じ高校なんだから、一度ぐらいはぜったいに学校でしておいたほうがいいよ。校内エッチは高校生の醍醐味《だいごみ》だから。あとはね、野外でエッチしても高校生ぐらいだったらまだ注意で済まされるから、まだだったらそれも今のうちに」

「なに言ってんだこの人！」

思わず大声をあげてしまった。

性格悪いっていうか、ただのヘンタイなんだけど⁉　絢の同類かな！

「あははは、キミは反応が初々《ういうい》しくてかわいいなー」

大笑いするトワさんだが、その目は笑ってない……。

「ちょっと気に入っちゃった。ね、今度おねーさんと一晩どう？　豪華なホテルに連れて行ってあげるから。大丈夫、ちゃんと痛くしてあげるよ」

「普通そこは優しくとかじゃないんですか⁉」

思わず寒気を覚えて、自分の体を抱く。

この人、捕食者側の人間だ……。本能的な恐怖を感じる。

「いや、あたし絢と付き合ってるんで……」

「それがいいよね。アヤちゃんが知らないところで、恋人が淫《みだ》らな声をあげさせられているとかさ……。あの真面目で働き者のアヤちゃんが、悔《くや》しさと怒りで後ろ暗い興奮を覚えちゃうところ、想像するだけでたまんないなー」

笑顔で語られた。片方がドン引きしててもコミュニケーションって成立するんだね。

「トワさんって、やばい人なんですか……？」

「え、うん、そうだよ？」

「しかも肯定してきた……」

「私ね、みんなにいろんな初めての感情をあげたいの。人生って経験じゃない？　こんなの知らなかった、世界が変わった、ってそう思ってもらいたくて。だからどっちかというと、やばい人っていうか、サービス精神の塊《かたまり》なんだよ」

　微笑むトワさんは、まるで悪魔のように見えた。

「モモさんはあんなにいい人だったのに！」

「わかるわかる。モモちゃんかわいいよね、赤ちゃんみたいで」

　トワさんとモモさん、年はせいぜいふたつぐらいしか離れてないはずなのに……。

　そこで絢が休憩から戻ってきた。

「トワさん」

　良からぬ会話をしてたことに気づいたのか、あるいはそもそもトワさんが良からぬ会話しかしない人間なのかはわからないけど、絢があたしたちの間に割り込んでくる。

「さすがにダメですよ、鞠佳は。私のものなので」

「あはは、怖い顔しないでー、アヤちゃん。わかってるって、味見だけでちゃーんとお返しするから。なんならビデオ通話で一部始終、プレイは見せてあげるよ。うーん、ここは愛するふたりの仲を深めるために、おねーさんが悪者になってあげましょうか仕方ないー！」

「ちょっ、待って！　待って絢！　あたしは大丈夫だから！　なにもされてないから！　トワさんを表に引っ張ってってなにする気⁉　それは暴行罪で捕まるやつだから！　絢さん！」

　バーで働いて四日目。あたしはついに死にものぐるいで絢を羽交《はが》い締《じ》めにすることになった。

　カウンター席で聞いてたお客さんが爆笑《ばくしょう》してたことだけが、救いだった。

「そうか、トワが……すまない」

「いや、ナナさんに謝ってもらうことじゃ……」

＊＊＊

翌日、バーにやってきたのはショートカットの美女、ナナさんだった。

トワさんよりさらに背が高く、170センチオーバーのすごくかっこいい女性だ。出勤した途端にお客さんが色めき立つのも、うなずける。バーでいちばんファンが多いらしい。

服飾店勤務だそうで、耳にバッチバチのピアスをつけた、パンクな見た目をしてる。ただ、こういう人が首までボタンを留めたバーテンダーの制服をつけてると、すごくセクシーな魅力があるなあって思う。人気になるのもわかる話だ。

週末になって、バーはますます盛況。

アルコールとノンアルの注文は、意外なことに半々ぐらい。ここがお酒を飲まなくても楽しめるバーとして広まってるおかげなのかな？　おかげで絢も忙しそうにしてた。

あたしもオーダー取ったり、グラスを片づけたり、提供したり。ホールを歩き回ってる。ただ、ファミレスと違って店内がこじんまりとしてるのと、あんまりせかせか動き回るとみっともないらしいので、あくまでも優美に、優雅にね。

ちなみにカウンター内の絢やナナさんは、飲み物を作る以外にも、カウンター席のお客さんとお喋りするのもお仕事らしい。

ここ数日、絢がどんなことを話してるのかと耳を傾《かたむ》けてみれば、例えば学校のことだったり、あるいは可憐さんやバーのみんなのことだったり、時事ネタだったり。普段の絢より気をつけてテキパキ話していて、お仕事がんばってるなあ～と、あたしはほっこりした。

ただ、どちらかというと絢は聞き役に回ることのほうが多いみたいで、仕事で疲れたお姉さん方の愚痴《ぐち》を一生懸命、相槌《あいづち》打ちながら親身になって聞いてあげてた。

例えばこんな感じに。

『アヤちゃん、私もう仕事やめます……。やめたい……。ここではないどこかにいきたい。そうだ、猫になりたい。猫になったら、絢ちゃんに飼ってほしいですね……』

『そうですか……。でもごめんなさい、絵羽《えば》さん、うちはペット禁止なもので……』

『だったらこのバーで！』

『飲食店に猫を置くことはできませんので……。あの、里親募集の張り紙でしたら』

『うう、アヤちゃん優しいです……。じゃあそれでお願いします……。好きなお寿司《すし》のネタはサーモンオニオンマヨなので、毎日それでお願いします……』

『玉ねぎだめですよ、猫は』

なんというか、どんなうざ絡《がら》みにも誠実に対応する絢は、同い年のあたしから見てもめちゃめちゃいい子でかわいくて。そりゃ人気にもなるだろうて。

楽園はバースタッフの絶え間ない努力によって成り立ってるのだと、あたしは実感したのだった……。

と、きょうはあんまり店員同士でくっちゃべってる暇はないのかなーって思ったんだけど、意外とそんなこともなかった。

夕食時をすぎると、カップルのお客さんが増えてきたのだ。

デート中のお客さんはふたりでのんびりイチャイチャしてるので、もちろんそっとしておくべき。店内は薄暗いから、テーブル席に隣り合ってキスしてる女の人が急に視界に入ることもあって、おわっ、ってなったりするけどね。

バーにどこか色気ある雰囲気《ふんいき》が漂い出す。こんな状態でフロアをウロウロするのも空気読めてなさがやばいので、あたしもカウンターに戻ってきた。

ナナさんもちょうど手が空いて、絢を休憩に送ったところだった。

またしても絢のいないタイミングで話しかけることになってしまったけど、でも『ナナさんに近寄ったらダメだよ』とは注意喚起されてないので、大丈夫ってことだろう。

グラスを磨くナナさんの隣に立って、小声で問いかける。

「あの、ナナさん」

「ああ、ちょっと立っていてくれない」

「え？　あの、はい」

ナナさんが裏に行ってしまった。どうしたんだろと思ってると、店内に流れるＢＧＭが変わったことに気づく。先ほどよりどこかスローテンポで、ムーディーな音楽になってた。

すぐにナナさんは戻ってきた。

「ヘー、バーってこんな風に自由に音楽変えたりするんですね」

「ああ、うん。お客様の様子を見て、ほんの少し照明を暗くしたり、雰囲気を調整するんだ。いつもは、カレンさんがやっている」

「へー、へー」

あたしは感心して、何度もうなずいた。いいな、ファミレスでもそんな風にできたら楽しそう。小さな子がいっぱい来客したら、アンパンマン流すとか。

「そういえば、ナナさんってトワさんと仲いいんですか？」

トワさんの話をした際、代わりに謝られたことを尋ねてみると、ナナさんはセクシャルな美貌に影を落とした。

「いやまったくよくない」

思った以上に強く否定されてしまった。お、おう。

「ただ、多少付き合いが長いというだけだな」

「へー。高校からのお友達だったとかですか？」

「……そうだな、そんなところだ」

思わず同情してしまった。

「なんか……大変そうですね」

ナナさんはタバコの煙《けむり》を吐き出すように、しみじみとつぶやいた。

「……大変だった」

遊んでたって言ってたし、たぶんあたしみたいにクラスで目立つ女子だったんだろうけど、問題はその目立ち方だ。

まぶたの裏でトワさんの悪行を思い出すかのように、ナナさんがつぶやく。

「トワの通っていた高校は、いわゆるお嬢様学校だったんだが、そこで女王様みたいに振る舞っていた。ただ、なぜか人望は厚かった。あいつは人を騙すのがうまいんだ」

なぜか西田玲奈《にしだれいな》の顔が浮かんだ。

「女王様みたいに、って」

「僕は違う学校だったから、直接見たわけじゃないんだが、三股、四股は当たり前。若い教師にまで手を出して、学園の風紀を大いに乱していたらしい」

「ひえ……」

脳裏《のうり》の西田玲奈すらも、ため息をついて『ありえんわー』とばかりに、首を静かに左右に振ってた。そんなん性格悪いっていうか、悪じゃん。

そこでだ。カウンター席に座ってた女性が、ぶー、と口を尖らせた。

「ひどい誤解だぞー。私はみんなを愛して、みんなも私を愛してくれただけだもんー」

うわあ、と声を上げてしまった。

「トワさん、なんでここに……」

とっさに、ナナさんの影に隠れる。

新宿の夜に溶け込むような清楚な私服を身にまとったトワさんは、白鳥《はくちょう》の皮をかぶったティラノサウルスみたいだった。

「そんな警戒しないでよ、マリカちゃん。大丈夫だってば。私たちはプライベートでお酒を飲みにきただけだから」

「警戒されるようなことをしたのはお前だろ」

ナナさんがズバッと言い放った。それはその通り。

「まあまあ、ふたりとも、仲がいいのはそのへんにして、ですね。あ、ナナちゃん、私にもまたなにか作ってくれますか？」

トワさんの隣に座った女性が、会話に混ざってきた。

私服だから気づかなかった。

「あれ、アゲハさんまで」

バースタッフのひとり、お昼は歯科衛生士の優しいお姉さん、アゲハさんだ。

トワさんもだけど、アゲハさんもばっちり夜の新宿用のメイクをしてて、華やかさが五割増し。これはなかなか……目の保養であった。

「おふたりで遊びに来たんですね」

よくある、友達のバイト先に顔を出したりするやつだ。大人になってもそういうことやるんだなあ。ちょっとだけ、親近感がわく。

それに、本当にこのお店が好きなんだな、って伝わってきた。休みの日に、同僚とふたりで遊びに来るぐらいには。

「なーちゃんの作る、リトルプリンセスを飲みに来たんだー。ね、こっちもおかわりー」

アゲハさんが「マンハッタンっていうカクテルがあってね、それのウィスキーをラム酒に変えたものなんですよ」と教えてくれる。ほー。

「バーテンダーさんって、カクテルのレシピ、ぜんぶ覚えてるんですか？」

「さすがにぜんぶは無理ですよ」

アゲハさんが笑う。

「スタンダードな定番カクテルですら、何百。それに一個一個のカクテルにアレンジレシピがあるんですもの。私なんかはまだまだ勉強中です」

「何百！　え、メニュー表に載ってないのも覚えなきゃいけないんですか？」

「覚えなきゃいけないってことはないけど、覚えてたほうが格好いいですよねえ。うちのお店だと、さすがにカレンさんがいちばん種類を覚えているんじゃないかなあ」

　ひえー、すごい。

　お客さんが突然言った『○○って作れる？』に対して、できますよって言ったほうが、そりゃかっこいいはかっこいいもんね。

　ここがファミレスなら、いきなり『インドカレーできる？』って言われたら、なんだこの客は……ってなるのに。バーテンダーさんは大変だなあ。

「バーテンダーはね、とにかく覚えることたくさんあるんです。常連さんになってくると、味の好みとか、その人との話題とかもですね。私も人の顔を覚えるのが苦手で……アヤちゃん先輩なんて、終わった後にいっつもメモ取ってるんですよ」

「あ、それ、あたしも見たことあります」

　休憩中とか、ノートに書き込んでたりしてた。あたしはもともと人の顔を覚えるのは得意なほうだけど……絢は、どうなんだろ。

　いや、でも絢って興味のあることへの記憶力はめちゃめちゃあるからな。コミュニケーションが苦手なだけで、そこらへんはうまくやってるのかもしれない。

　トワさんがアゲハさんに腕を絡めて、笑う。

「あのねー、マリカちゃん。私たち、これから遊びに行くんだ」

「へー、そうなんですか。これからって……これから、ですか？」

もう20時も回ろうとしてるところ。ご飯食べたりお酒飲んだら、帰るだけになりそうだけど。

そこで、アゲハさんが手をひらひらさせながら微笑む。

「うん。トワちゃん、もう少しで新宿の行ってみたかったラブホ、制覇《せいは》ですもんね」

ふたりの距離はぐぐっと縮まって、どころか、トワさんが顔を向けると、それを受け入れるようにアゲハさんもまた顔を向けて。

ふたりは公然と、ちゅっと軽いキスをした。

えっ⁉

「トワさんとアゲハさんって、付き合ってたんですか⁉」

驚くあたしに、酔っぱらい特有の上機嫌な笑顔がふたつ。

「え、付き合ってないよー？」

「うん、いいお友達ですよ。えっちはしますけども」

セフレってやつだ‼

生で見たのは初めてだ。いや、可憐さんとアスタもそうだったのか……？　わかんないけど、なんかドキドキしてきた！

トワさんが片眉《かたまゆ》を吊り上げる。アゲハさんを下から覗き込んだ。

「へえ、えっちするいいお友達、ねー？　私ばっかりいーっぱい気持ちよくしてもらっちゃってます、の間違いじゃないの？」

「え、ええと、それはぁ～」

あたふたと焦り出すアゲハさん。目を細めた笑顔で、汗をかく。

「マリカちゃんの前で、恥ずかしいかな～って……」

「恥ずかしいのが大好きなくせに、アゲハ」

トワさんがアゲハさんの髪をくるくると指に巻きつける。アゲハさんはすっかり火照った頬に手を当てて、えへへ、と照れ笑い。

「気持ちいいことには、ついつい逆らえなくなっちゃって……。マリカちゃんも、そういうときありますよね？」

「え⁉　いや、どうでしょう！」

確かに、我が身を振り返ると、あたしもけっこう流されるタイプではあるけれども……！

微笑むアゲハさんは、熱いため息。

「気持ちよくなってくると、なーんかぜんぶどうでもよくなってきちゃいまして。私ね、昔っからそうなんです。頭ではいけないことだってわかってても、すぐにふわ～って心が飛んでっちゃって。きれいなお花さんの匂《にお》いで、頭がいっぱいになっちゃうんですよねえ」

「そんなだから、アゲハは浮気《うわき》とか不倫ばっかり」

トワさんがさらにアゲハさんの倫理観の欠如《けつじょ》を暴露《ばくろ》する。

この人もやばい人だった！

アゲハさん、優しくて気が利《き》いて素敵なお姉さんだと思ってたのに……。

「えー、お相手がいる人には、私からはいきませんよお。口説《くど》かれて、あー素敵な人だなーって思ったら、だいたい恋人がいるだけで。でも、しょうがなくないですか？　世界中の人間がいっせーのーで生まれたら、私だってちゃんとお行儀よくしますのに」

お酒が回ったからか、アゲハさんは饒舌《じょうぜつ》だ。

「あのー……」

あたしは小さく手を挙げた。ふたりの目がこっちを見る。

「なんで、大人の人って、セフレとか作ったりするんでしょうか。単純に、おふたりで付き合うとか、そういうのはありえないんですかね……？」

トワさんとアゲハさんが、あははと笑った。笑われた⁉

「あのね、マリカ」

「トワさん呼び捨てやめて。なんかゾクッとするので」

「マリカちゃん」

三日月みたいに口をにやけさせたトワさん。

「高校生の頃の付き合うと、大人になってからの付き合うっていうのは、ぜんぜん重みが違うんだよ。加齢によって、基礎代謝率《BMR》が年々減少していくように、人間が使えるエネルギーの総量のピークは青年期なの。以降は培《つちか》った経験を頼りに、うまく立ち回らなきゃいけないの」

理系な感じで例えられても、わかりませんが……。

「ようするにね、関係性には責任が伴うってこと。カレンさんもそうでしょ。普段はあんなに遊んでても、本命相手にはなかなか電話かけられなかったり、かわいーよね。あれって、それだけ積み重なった年月があるからってこと」

「……つまり、一ヶ月の片思いより、一年かけた片思いのほうが重いから、勇気を出すのが難しいって話ですか」

「そゆことかな？　その『重い』って気持ちは、さらに年々しがらみが増えていってね。人はどんどん複雑で、ひねくれた生き物になっていくの。そんなのじゃ、好きなエッチだって簡単にできなくなっちゃうでしょ？　だから、人はセフレを作るんだ」

「素直になればいいのに……」

あたしがぽつりとつぶやいたセリフに、アゲハさんがうんうんとうなずく。

「だから私はですね、好きになったらちゃんと好きー、付き合ってくださいー、ってなるべく言うようにしてるんですよ。純粋な心を忘れないように、って」

「で、アゲハはまた不倫するわけよね」

「だってー。付き合ってる人がいまーすって誰も正直に言ってくれないんですもん」

だってーじゃないんだよなあ……。

少なくとも、高校の恋愛には多くのルールがある。そのルールを逸脱《いつだつ》するかどうかは自由だとしても、ルール破りの噂はあっという間に広がって、本人にデメリットが降りかかる。けど、大人の恋愛のルールは、当人同士が決めるものみたいだ。それはやっぱり、学校みたいな枠組みがないからなんだろう。

にしても、ここまで自由だと空いた口が塞《ふさ》がらないっていうか……。

「っていう一般論を言ってみたわけだけど」

トワさんが頬に手を当てて、またにやけた笑み。

「私の趣味は、その人の欲望を開放させてあげることだから、そのためには付き合わなきゃいけないんだったら、ぜんぜん余裕で付き合っちゃうな。もちろんそれはそうとして、エッチは大好きだけどね」

カウンター席に座るトワさんとアゲハさんが『ねー』と声を合わせて、頭をくっつける。

「さっきの責任の話はいったい……」

横からグラスがふたつ、差し出された。

ナナさんだ。大きくため息をつく。

「お前ら、未成年からかって楽しいか」

『楽しい』

ふたりがピースサインを突き出してきた。

……えっ、あたし、おちょくられてた⁉　どこから⁉

「じゃあふたりはやっぱり、ただのお友達で」

「いやセフレは本当。アゲハがドMで私に調教されて喜んでいるのも本当だし、それはそうとマリカちゃんをからかって遊ぶのが楽しいのも本当」

「ぜんぶ本当なんですけどナナさん！」

向き直る。ナナさんは「タバコ吸いてえ」と、うめいた。

アゲハさんはなんだか恥ずかしそうやら、嬉しそうやらの顔で「マリカちゃんにドMだってバラされちゃった……」と言って、もじもじしてた。

オトナの言うドMっていったいどんなことをしちゃってるんだろうと、激しく気になったものの、聞いたらまたやぶ蛇《へび》になりそうなのであたしは口をつぐむ。

その隣、トワさんが意地悪な笑みを浮かべる。

「というか、なーちゃんこそ自分ひとりで常識人ぶってるけどさ、知っているんだからね。こないだお店に来た女の子、お持ち帰りしてたでしょ。自分はお客様とはそういう関係にならないって言っておきながらー」

あたしはナナさんから一歩距離を取る。ナナさんもこの店の大人だった……。

「いや、あれは違う。あの子はもともと僕のバンドのファンで、それでバーにまで来るようになったから、口止めのつもりで、仕方なく」

「仕方なく女の子抱いたってことー？　えー、やだー、不誠実な女ー」

「平気で七股八股するような女が、なにか言ったか？」

「私のこのおっきな愛を、ぜんぶ受け止めてくれるような子に、早く出会いたいなー。あ」

トワさんの目がにたりと笑ってあたしをロックオンする。

「見つけたかもー」

ひい……！

「アヤちゃんってさ、普段すっごくガードが固いから、一途だし、愛が重そうだよね。そんなアヤちゃんを釘付《くぎづ》けにしちゃってるマリカちゃんって、すっごくいい物件なんじゃないかな？どう、私の推理」

「いやいやいやいや、あたしはそんなぜんぜん、ただのフツーの一般女子高生で」

「確かに、それは一理あるかもな」

ナナさんに裏切られて、あたしは四面楚歌《しめんそか》となった。

「マリカさん、何事も人生経験だ。どうかな、僕と」

「すみませんあたし付き合ってる人いるんで！」

「他の人を経験してみないことには、アヤちゃんがどれぐらいすごいかっていうのも、よくわかんなくない？」

「絢はあたしにとって世界でいちばんすごいので大丈夫です！」

「もう、ふたりとも。あんまり女子高生をいじめないんですよ」

ようやく助け舟を出してもらえた。

あ、アゲハさん……。やっぱりアゲハさんだけはこのバーの良心…！

ふふっと聖女みたいに微笑むアゲハさん。

「というわけで、マリカちゃん。この中でいちばん優しいこのお姉さんと、これから一緒にホテル、どうです？」

「罠《わな》じゃん⁉」

叫ぶと、三人はまるで種明かしするように笑った。

結局、最初から最後までずっとあたしはからかわれてたのだった。

大人って！　これだから！　大人って〜〜〜！


「絢って……あのバーで働いて、よくそんなまっすぐに育ってくれたよね……」

「そうでもないけど……」

絢と新宿からの帰り道。

きょうはめちゃめちゃ体力消耗したな……お仕事じゃないところで……。さんざん酔っ払いどもの酒の肴《さかな》にされたあたしは、ぐったりとうめく。

あの後もしばらくトワさんとアゲハさんはくだを巻いてた。酔っ払いめと言いたいところだけど、ふたりはなんかお酒入ってなくても同じことをしそう……。

休憩に行って戻って来るといなくなってたので、きっとホテル行ったんだろうね。そして今頃は……。うっ、なんかいろいろと想像しちゃいそうになる。やめやめ。

「すっごいからかわれてきたんじゃない？　絢も」

「まあね。特にトワさんには」

「人の嫌がる顔を味わって生きる吸血鬼みたいな人だった」

「なにそれ、言えてる」

絢がくすくすと笑う。かわいい。絢だけが癒《い》やし。愛してる。

「一対一だと、みんないい人だとおもうんだけど……」

「それはどうかな、とあたしは言いたい」

わざとらしく肩を落とし、ため息をつく。

「絢の恋愛観が、高校生離れしてる理由も、ばっちりわかっちゃったな。あんな環境で働いてたら、そりゃあそうなるよね」

「バーテンダーのお仕事って、カウンター席に座ったお客さまをお喋りでおもてなしすることもそうなんだけど、いちにち二回は『別れた』って聞くよ」

頻度が多い……。別れが身近すぎる……。

「高校だったら、付き合った別れたは、それこそ一大エンターテインメントだよ。告白なんて学校規模のリアリティショーだし、むしろそれ以前の『えっ、あの人って好きな人いるのかな？　誰かな、ひょっとして隣のクラスの……やだぁー！』的な大盛り上がりがあるのに」

「バーだと、まず体の関係から入る人がおおいね。『とりあえず寝てみたんだけど、体の相性《あいしょう》があんまりよくなくて……っていうか、どっちもネコっぽいから、探り探りみたいになっちゃって気まず、みたいな……』とか」

あたしが夢見る乙女《おとめ》のような物真似《ものまね》をすると、絢がただれた大人の代表みたいな口調でつぶやいた。住む世界があまりにも違いすぎる。

「なんでオトナって段階を踏まないんだろ……」

「相手が自分をどう思っているのかを、探り探り付き合ったりするのが、面倒になっちゃうんじゃないかな。そのきもちは、私も少しわかる」

「まあ、絢はあたしの気持ちなんてお構《かま》いなしに手を出してきたもんね……」

そうだ、思えば絢もオトナ側の人間だった！

とりあえず体の関係から入ってきた女、不破絢。ああいうのどうかと思うよ。まんまと落とされたあたしが言えたことではないが……。

「逆に、実は大人のほうこそ心が弱くて、恋愛の前段階にたえられないのかも」

「それは、どういう？」

新宿駅が近づいてきて、人間の数が増えてきた。繋いでた手を離して、人混みを抜けながら改札へと向かう。

「相手が自分のことどう思っているんだろう、自分は相手にどう見られているんだろう、とか、そういう繊細なやりとりって、すごく心を圧迫するから」

「しんどいのはわかるけど……」

自分のことを思いだす。確かにまあ、あの頃はあたしも精神が不安定になって、可憐さんに『抱いてください』とか言ったりしてた……。二度とごめんではある。

「そういうの、スルーできるならスルーしたいんだよ。お仕事のプレッシャーとか、家庭のこととかで、すごくストレスがたまっているみたいだから」

「余裕がないってこと?」

「かな」

バーテンダーとして、たくさんの人の話を聞いてきた絢がそう言うなら、そうなんだろうけど。でも高校生のほうが心の余裕があるっていうのは、釈然としない。

なんだかな。絢とホームで電車を待ちながら、あたしは微妙な顔をした。

「だからってあんな、遊びみたいに人と体を触れあったりするの、不真面目だよ。あたしはよくわかんない」

好きな人はたったひとりだけ。その人を大事にしたいし、その人には大事にされたい。愛の量が釣り合ってなくてもいい。ただ、いつだって優先してもらいたい。

夜の帰り道とか、お風呂に入ったときとか、ふとした瞬間に顔を思い浮かべてもらいたい。

あたしにとって絢がそうだから。

気持ちは気持ち、体は体、みたいな言い分は、やっぱりよくわからない。あたしにとってそのふたつは一緒だ。触れ合いたい人はひとりだけでいい。他の誰に誘惑されても、絢以外の人なんて考えられないし、ありえない。

なんか……思い出したら、ふつふつとムカついてきた。

「ひどかったな、トワさん……。『他の人も経験してみないと』とか、冗談で言ってるってのはわかるよ？　あたしをからかうための言葉だっていうのも。だけどさ、あたしが絢一途なのを、まるで人生経験少ないみたいに言うことなくない⁉」

「それは」

「体を重ねた人数が多い方が偉いってわけじゃあるまいし！　数じゃないでしょ、質でしょ！　あたしはそりゃ付き合った人はひとりしかいないけど、あたしたち最高のカップルだし！」

イライラして飛び出してきた言葉が、周りへと波及してゆく。

「まさかとは思うけど……絢はしたことないよね？」

「え、トワさんと？」

「うん……。その、トワさん以外とも、だけど」

絢の様子を窺《うかが》う。ガラスの向こうみたくぼんやりしたその横顔に、もしかしたら勘違いされてるのかと思って、言葉を付け足す。

「別に不安になってるってわけじゃなくて、その、あの人たちにムリヤリ誘われて、とかさ。そういう可能性はあるじゃん⁉」

いや、あたしこれ聞いてどうするんだ。もし絢が『うん、したことあるよ』って言ってきたらどうするんだ⁉　肯定も否定もされたくない。

終わった……と思ってると、絢はふんわりと口を開く。

「したことないよ」

「本当に⁉　可憐さんとアスタだけ⁉」

「う、うん」

こくこくとうなずく絢を、じっと見つめる。これは、どっちだ……。あたしを安心させようとする優しいウソか……？　それとも、本当のことか……？

嫌だ！　絢の言葉を額面通りに受け取れないあたしが嫌だ！

「ううう……。これから絢にずっと盗聴器つける……」

「べつにいいけど……」

「なんでいいの⁉　ちゃんと断ってよ！　恋人同士だからってお互いのプライバシーを守らなきゃだめじゃん！」

「なんなの」

絢が困惑する。最近、絢を困惑させてばっかりな気がする。

ひとしきり感情をぶちまけてしまって、ようやく気持ちが収まってくる。

収まってくると、隣で口をつぐんでる絢のことが気になってきた。しまった、言いすぎたか……？　絢にとって大事なバーを、あんな風にけなしてしまうなんて。

新宿駅の京王線《けいおうせん》ホームに到着。足を止めたところで、あたしは絢に小さく頭を下げた。

「……いや、ごめん、絢。なんかあたし、勝手に夢見てただけなのに、あんな風に言っちゃって。バー自体は好きだし、働いててちゃんと楽しいって思ってるから」

すると、絢があたしの手をちょんとつまんだ。

「ねえ、鞠佳」

絢は怒るでもなく、悲しむでもなく、のんびりと微笑んでる。

「明日はデートしようよ」

「それは、もちろんいいけど」

ちなみに明日は土曜日で、バイトも一週間ぶりの休日だ。週末ということもあり、仕事や大学が休みのお姉さん方がシフトに出てくれるので。

あたしがちょっと凹《へこ》みそうになったから、フォローしてくれてるのかな。

「うん、あたしもそうしたかったし」

「新宿にいかない？」

最近、毎日行ってるけど……。

「どっか行きたいとこあるの？」

「うん、鞠佳を連れていきたい場所があるんだ」

やってきた電車に乗り込む。絢はいつになく強引に、話を進めていった。

「だからね、かわいい格好してきてね、鞠佳」

きれいな絢の微笑みが浮かんで、ふわりと懐かしい香りが立ちのぼる。

それは、絢とまだ付き合う前のことを思い出してしまう言葉だった。

＊＊＊

夕方の新宿駅、新南口。

久々の休みでお昼過ぎまでぐっすり眠ってしまったあたしは、身支度を整えて新宿にやってきた。どこに連れてかれるのかわからないけど、ちゃんと夜の新宿っぽい装《よそお》いです。

付き合った当初はいつもと変わらない盛り気味スクールメイクで挑んで、完敗したんだっけな。あれ以降、ちょこちょこ練習して、今ではあたしも絢の隣に並んでも恥ずかしくない新宿女子になれたと思う。

アイラインやマスカラをしっかり明るくつけるのがポイント。ファンデは下地パール系のマットな装い。陰影の付け方はいまだに正解を模索中だけどね。全体的にやや派手めになっちゃうので、負けないように服はちゃんと大人びたものをチョイスするようになった。

といっても、バッグとか靴とかで雰囲気出そうとすると、今度はお金がいくらあっても足りないので、妥協より工夫でカバーって感じ。

新南口は新宿でもナンパが少ないスポットなので、最近は待ち合わせでよく使うようになった。スマホをいじりながら、絢を待つ。ほどなくして、時間ぴったりに絢がやってきた。

「お待たせ、鞠佳」

「おー……」

やってきたのは、新宿のお姫様。きらびやかで、思わず声が漏《も》れる。

当たり前（？）だけど、あたしが亀《かめ》の歩みでメイクを勉強してる間、絢は山の頂上で兎《うさぎ》みたいにお昼寝して待ってるわけじゃない。それどころか、一日ごとに上達して、ますますキレイになってゆく始末。

悔しいし、喜ばしいし、負けてらんないって思うしで、まーた素直になれないあたしがいるのだった。

「どこか、ヘンじゃない？」

「こんなに綺麗《きれい》な子があたしの恋人で、誇らしい限りですよ」

「ふふ、それはこっちのセリフ」

連れ立って、歩き出す。

「それで、きょうはどこに行くの？　内緒？」

靴の指定はなかったから、普通のパンプスを履《は》いてきた。そんなに長く連れ回されることもないだろうって。絢の足元も似たような感じだったから、大丈夫そう。

駅から少し離れたところで、手を繋ぐ。平日のペースで歩こうとすると、休日の新宿の人の多さに、自然と歩みがゆっくりになる。

「新宿に何軒ビアンバーがあるか知ってる？　鞠佳」

「えー、何軒だろう」

考えたこともなかった。

「でも新宿のビアンバーって有名なんでしょ？　だったら、んー、20軒ぐらい？」

「今は11軒」

「へー」

多いような少ないような。いや、でも少ないのかな？　だって新宿ってめちゃくちゃ店がいっぱいあるし。

「いろんなお店があって、面白《おもしろ》いんだよ。可憐さんのお店で働くことが決まったときに、連れていってもらったんだ。まずはお客さんとして、空気感をあじわってみて、って」

ピンときた。

「あ、わかった。ってことは、きょうあたしを連れてってくれる場所って」

「うん、鞠佳を私が案内してあげようと思って。もちろん、未成年でも入れるお店にね」

絢があたしの手を引く。

いや、でも。あたしはわずかに気後《きおく》れした。

「ビアンバーって、女の人を好きな女の人が行くところだよね？　可憐さんのところはもう常連だからいいとして……いくら勉強だからって、そういうとこに冷やかしみたいに行くのは」

「？」

絢が不思議そうに首を傾《かし》げた。

「私と鞠佳、付き合っているよ」

「え？　いや、そりゃそうだけど……？」

あたしはちょっと考えてから、おずおずと口を開く。

「絢と付き合ってるってことは、あたしはおのずとレズビアン……？」

「うん」

「んん～……？　なんか、しっくりと来ない」

「なんで」

「わかんない！」

あたしは恥ずかしげもなく叫んだ。最近、わからないことばかりだ。だけどわからんわからん言ってるばかりでも仕方ないので、とりあえずは自分の頭でも考えてみる。

「いや、たぶんあたし、今まで好きになってきたっぽいのが男子だったからだと思う」

「なるほど」

「だから、もし絢が雷に打たれて死んだ後に、好きになるのが男なのか女なのか次第っていうか……」

「ひどい仮定」

絢がくすくすと笑う。

そういうのを性的指向っていうんだよ、って絢が教えてくれた。難しい言葉を知ってますねえ。まあ、絢は死なないから仮定の話でしかないんだけどね。絢は不滅。

「でも、鞠佳の言ってること、わかったよ」

「そもそも女同士が『ありえない』から『アリ』に変わったのだって、ここ一年ぐらいのことだからね……」

そういう意味で、負い目？　引け目？　とかがあるのかもしれない。

「ちなみに絢は」

「私はレズビアンだよ。好きなのは女の人だけ」

そうはっきりと口に出した絢に、なんとも言えない感情が募《つの》る。

絢がレズビアンだと最初に自覚したのは、きっとあたし相手に、ではないだろうから……。

自分の性的指向ってやつが定まるほどの出会いがあって、絢は自分をレズビアンだと自覚した……のかな。それはたぶん、運命的だったはずだ。

いったい、どんな……。

…………くっ……。またあたしのよくないところが出てきた！　楽しいことだけ考えよ！

きょうはせっかくの休みで、絢とのデートなんだ！

「じゃ、じゃあ、きょうはそのバー巡りってことだね！」

「うん。鞠佳がもしストレートでも、私に付き合ってくれている、ってことにして」

絢が優しく微笑む。お嬢様みたいな上品な笑顔に、あたしは少しの間、見惚《みと》れてしまった。

……こんなにも女の子にベタ惚《ぼ》れなのに、あたしストレートなんて言い分が通るんですかね？

絢は、三軒のお店を案内してくれた。

どこも可憐《あや》さんの顔見知りの店らしく、お酒や備品が足りなくなったときには、お互いに融通し合うぐらいの仲らしい。そのため、絢も何度かお使いでやってきたことがあるとか。

どのバーも、絢が顔を出すと『カレンさんのお店の子』と喜ばれてた。

あたしが学校で絢に張り合って、クラス一位の座を目指してた最中から、絢はこういう非日常の世界に出入りしてたんだと思うと、なんだかすごく差を感じてしまう。

大人のお姉さんたちから可愛《かわい》がられて、ちゃんと責任をもって、仕事を果たしてた絢。そりゃあ学校の連中なんてガキとしか思えないよね……。

最初のお店はカウンターが七席のこじんまりとしたバー。カウンターの中で、お姉さんがひとりでやりくりしてるらしい。トイレに行きたくなったときどうするんですか、と聞いてみたら、そのときは常連さんに店番を任せて行くらしい。恰幅《かっぷく》がよくて豪快なママさんと話してると、小さな悩みなんて吹っ飛ぶみたいだった。

次のお店はビルの中にあって、分厚いドアで閉ざされてた。中がぜんぜん見えないから一見《いちげん》さんなんてぜったい来れなさそうだけど、ドアを開くと内装はピッカピカのミラーボールが回っててびっくり。みんな大声で喋ってて、にぎやかで騒がしくて、めちゃくちゃ豪華なカラオケルームみたいだった。

最後のお店はすごくムードのある落ち着いたバー。絢曰《いわ》く、この辺りでいちばん上手にお酒を作ることができるバーテンダーさんがいるお店で、ハタチになったらとっておきのジンフィズを作ってもらうのが夢らしい。注文したノンアルのオリジナルカクテルは、甘い中にぴりりとした刺激があって、今まで飲んだことのない味わいだった。

三番目のお店を出た辺りで、時刻は20時過ぎ。もうそろそろ帰る時間が近づいてるのかなって思ってたんだけど、絢はまだ寄りたいところがあるらしい。

「もう一軒、アンコールしていい？」

それで、やってきたのは。

「あれ？」

あたしが階段の前で立ち止まると、絢が芝居《しばい》めいた仕草《しぐさ》で指し示す。

「というわけで、本日最後のバーは、Plante à feuillageになります」

新宿ビアンバー巡りのゴールは、あたしが今、週5で通ってる行きつけのバーであった。

週末、にぎわったバー。ちょうどよく空いてた正面のカウンター席に絢は腰を下ろした。あたしもその隣に座る。

お客さんとして来ると、いつもとちょっと雰囲気が違うなって思った。ああ、真っ先に声をかけてくれる可憐さんがいないからだ。その代わりに――。

「あら、お客様、きょうはおデートですか？」

カウンター内で前に立ったのは……げげ、トワさん。

クラシックなポーラータイを胸元《むなもと》に留めたトワさんは、外見だけならきょうもひときわ品の良さそうな笑みを浮かべてた。絢はもちろんぜんぜん気にせず、注文する。

「そうですよ、トワさん。とりあえず、口当たりのいいものをふたつ、お願いできますか」

「かしこまりました。その様子だと、だいぶ歩いてきたっぽいね。あまーいの、作っちゃおっかな」

トワさんはメジャーカップを並べて、ジュースやシロップを注いでゆく。

なんとなく警戒しちゃうあたしに、絢が微笑む。

「鞠佳、だいじょうぶだよ。きょうは私たち、お客さんだから」

「大丈夫って、なにが……？」

「昨日みたいにはならない、ってこと」

絢はやたらと自信満々だ。いや、そんなこと言われても、たった一日でトワさんが改心して清らかな女性になってたりはしないでしょ。

トワさんがノンアルカクテルの入ったトールグラスをふたつ、あたしたちの前に並べた。

「どうぞ、ごゆっくり」

またそうやって、澄ました笑みを浮かべる……。その笑みにきっと今まで何人、何十人もの女の子が騙されてきたのだろう。

グラスに口をつける。柑橘系《かんきつけい》の甘さが強く、体に染《し》みこんでゆくみたい。まあ、味はおいしいんですけどね……。

今までのバーに比べて、どこかぎくしゃくとした気持ちを抱えてると、だ。

「トワさんって、バーテンダーとしていちばん大切なことは、なんだと思いますか？」

絢が唐突に、そんなことを口にした。

「なんだと思う？　マリカちゃん」

「え？　え？」

絢から飛んだボールが、トワさんを経由して、なぜかあたしの手元にやってきた。急に言われても、あたしただのバイトですよ？

「お客さんを楽しませること、とかですか？」

「じゃあ正解」

「じゃあって……」

なんか適当にあしらわれた気がして眉根を寄せると、トワさんが笑う。

「そんなの人それぞれだし。そうと信じてることを、それぞれがやればいいと思うんだよね。私の思ってることと、アヤちゃんの思ってること、それにオーナーの思ってることだって、みんな違うよ、きっと」

絢を窺いつつ、トワさんに尋ねる。

「えーと、だったらトワさんは、なんだと思ってるんですか？」

「私風に言うなら……そうだね、欲望を叶《かな》えてあげること」

「欲望……」

絢がマジメに聞いてるから、茶化《ちゃか》さずに待つ。トワさんはその先を語る。

「お客様がなにを求めてこのバーにやってきたのかは、人それぞれでしょ。美味しいお酒を飲みたいのかもしれない。単純に人とお話をしたいだとか、あるいはなーちゃんのファンだったり。あるいは外でひとり、静かに過ごしたいのかもしれない。ね、正解なんて難しいでしょ」

トワさんは店内を見回す。あたしもそれに釣られて、控えめに振り返った。

バーにいるお姉さん方は、みんな、思い思いの時間を楽しんでるように見えた。

「だからね、求めているものをちゃぁんと提供できるように、いつだってスタンバってるんだよ。楽しい時間にも、悲しい時間にも、寄り添えるようにね」

「可憐さんは」

絢が話を引き継ぐ。

「『非日常』を提供するのが、このお店の役割だって言ってました」

「非日常?」

あたしが尋ねると、絢がうなずいた。

「大人のための、小さなテーマパークなんだって」

黙って聞く。

「会社や家庭の日常に疲れた女性が、ふらっと立ち寄ることのできる場所。そんな居場所に必要なのは、非日常のきらめき。だから、トワさんみたいな人も必要なんだと思う」

「トワさんみたいな、ちょっと頭がどうかしてる人も、必要……？」

「なに付け足してるのマリカちゃん」

意地悪な笑みを浮かべたトワさんからは目をそらしつつ……。

あたしは絢の言葉を、噛み砕く。

確かに、普通に暮らしてたらトワさんと知り合うことはまずないと思う。トワさんだけじゃない。ナナさんや、アゲハさん、可憐さんや、あるいはあたしが社会人だったら、絢とも。

タイプの違ういろんな人がこの店にはいて、もてなしてくれる。

「それって、なんか……きちんとするだけが接客じゃない、ってことですか？」

「私もきちんとしていたほうがいいとは思うけど」

絢がぽつりと言って、トワさんが肩をすくめる。

「最終的にお客様が満足してくれたら、それが正解ってことでしょ。こないだのマリカちゃんのお話も、カウンターに座ってたお客さん楽しそうにしてたよ〜？」

あたしの頬が熱くなる。

「そ、それ、もしかしてそのために言ってたんですか⁉」

「え、私が楽しいからだけど？」

「ほんとなんなのこの人！」

トワさんがくすくす笑う。

でも、わかった。どんなに口下手《くちべた》でも回りくどくても、さすがにいい加減、絢の言いたいことと、わかったよ。

「ようするに、このバーも他のバーと比べて、そんなに悪いところじゃないんだよっていいたいんでしょ！」

「……うん」

絢が恥ずかしそうにうなずいた。

そのために三軒もバーをはしごして、あたしの見識を広げてくれたわけね……。確かにどのバーも、まるで別物だった。騒ぎたいときの気分、静かに飲みたい時の気分、誰かと話したいときの気分と、それぞれの気分によって使い分けるべきって思う。

だったらこのバーは……可憐さん曰《いわ》く『非日常を提供するためのバー』なんだろう。

あたしは人に迷惑をかけちゃいけないって思ってた。お客さん相手でも、もちろんそう。でもこれって結局、あたしの固定観念だったたってこと。

絢に『女同士とかありえないでしょ』って言ってた頃と一緒だ。

あたしは思い違いをしてた。バーのお仕事って、お店をキレイに保って、飲み物を出すことだと思ってた。でもそれじゃ、どこにでもあるただの飲食店。

本当はもっと、それぞれのバーに、それぞれの大切なことがあったんだ。

「ま」

と、暗くなったあたしの顔にライトを浴びせてくるみたいに、トワさんが明るい声を出す。

「バーはお客様にとっての居場所で、砂漠《さばく》を旅するキャラバンが疲れを癒やすオアシス。そのために、私たちに安くないお金を払ってくれているんだからねー。うちはオーセンティックバーじゃないし、最強のカクテルより、お客様に提供する非日常の時間がお仕事ってわけ」

声のトーンはふざけてても、内容はすっごく大切なことだった。

「トワさん、すみません、あたし」

誤解してたことを謝ろうとすると、横からやってきたナナさんにやんわりと制止された。

「いや、いいんだ。真面目に受け取らなくていい。こいつは自分が楽しんでいただけだ」

「えー、なーちゃん私のこと、わかってるぅー」

「だからマリカも好きなように楽しむといい。人に迷惑かけるのも、かけないのも、それがその人の楽しみ方だ。お客様として、この店にやってきた以上は、な」

バーでの時間を楽しむこと。

どんな形であれ、それがきっと、可憐さんの願いなんだろう。

「わかりました！　あたしはじゃあ、やられたことはちゃんと万倍にして返したいと思いますので、トワさん、仕事先の先輩がめちゃめちゃからかってきてすごい嫌なんですけどどうすればいいと思いますか⁉」

「んー、一度試しに抱かれてみるとかー？」

連載開始
START!!!
GAコミック
祈りの国のリリエール
漫画◆ねりうめ　原作◆白石定規
キャラクター原案◆あずーる
一瞬で治療していたのに役立たずと追放された天才治癒師、闇ヒーラーとして楽しく生きる
漫画◆十乃壱天　原作◆菱川さかく
キャラクター原案◆だぶ竜
「面白い!」をギュッと!
GAコミック
今冬、連載開始!!
今すぐ読める!
転生魔王の大誤算
～有能魔王軍の世界征服最短ルート～
漫画◆ゆめらん　原作◆あわむら赤光
キャラクター原案◆kakao
カンスト村のご隠居デーモンさん
漫画◆ミヤウチユウスケ　原作◆西山暁之亮
キャラクター原案◆TAa
転生担当女神が100人いたのでチートスキル100個貰えた
漫画◆あざらし県　原作◆九頭七尾
キャラクター原案◆かぼちゃ

「こらー！　ちゃんと仕事して、あたしを気分良くしてくださいよー！」

絢も笑ってた。

あたしはようやくもう一歩……いや、半歩ぐらい？　バーでの楽しみ方がわかった気がする。

こうあるべきだ、とか思い込まないで、もっと自由でいいんだ。

ファミレスの経験があるから接客はできるでしょって自信あったけど、これからはもっと大変になりそうだ。まあ、そのほうが燃えるけどね！

「ねえ、鞠佳。きょうのカウンターはトワさんとナナさんだから、面白いものを見せてもらおうよ」

絢がちょっとしたいたずらを企《たくら》むような顔で、ささやいてきた。

「え、なに？　ふたりの壮絶な口喧嘩とか？」

「ふふっ。ねえ、久しぶりにあれ見たいです」

絢がカウンターの先輩方に微笑みかける。

すると、トワさんとナナさんはお互い視線を交わした。なんか、気まずそうな顔してる。

なになに。ふたりを困《こま》らせるための相談なら、あたしも大歓迎だよ。

「いやーでもねーアヤちゃん。中には、静かに飲みたいって人もいるかもしれないしね」

「でも、私は見たいですよ。『大した技術もない』なんて言って、牽制《けんせい》しないでくださいよ、トワさん」

絢がニコニコと目を細めると、トワさんがぐっと言葉に詰まる。

よくわかんないけど、最近バーでおとなしくしてる姿ばっかりが印象的だったから、そういう風に先輩に圧かけてる絢もかわいいな、って思った。

「それに、ナナさんも、まだちゃんと毎日練習しているって言ってましたよね」

「練習って言っても、腕がなまらない程度だ」

「ナナさんにとって、バーはただ癒やしを与えるだけの場所ですか?」

見え見えの挑発に対して、ナナさんは憮然《ぶぜん》と答える。

「……いや、僕にとってはライブステージと同じように、夢を見せる場所だ。疲れを取り、そして活力を与える。そのどちらかが欠《か》けても、バー『Plante à feuillage』は成り立たない」

「なーちゃんー……」

トワさんが口を尖らせる。

「だったら」

絢は言質《げんち》取ったとばかりに、拍手をした。

その音が、店内のお姉さんたちの注目を集める。ざわざわと話し声が広がってゆく。「まさか」『あれやってくれるんですか?』『わー楽しみー』という声。

トワさんとナナさんはもう一度顔を見合わせて、一緒にため息をついた。

「仕方ない。お客様にそうリクエストされちゃあね」

「そうだな。せっかくトワが留年してまで磨いた腕だ」

「留年してないよ。就職活動しなかっただけで」

「似たようなものじゃないか」

　ふたりはそれぞれ準備を始めた。トワさんがポーラータイを外《はず》し、腕まくりをする。ナナさんも、手首につけてたブレスレットを取る。お酒の瓶《びん》にキャップをかぶせたり、銀色の大きなカップを用意したり。それはどこか、手品のショーが始まる雰囲気にも似てた。

「なにが始まるの？」

「ふふっ」

　聞いたところで、絢は微笑むだけ。かわいいけど、ほっぺた引っ張ってやりたくなる。

　ちょっとして、準備が完了したらしい。トワさんとナナさんが距離を取って、定位置っぽいところに立つ。

「ナナとするの久しぶりだねー。気を抜いてビンぶつけてこないでよ？」

「それはこっちの台詞《せりふ》。怪我《けが》するなよ」

　照明が明るくなると、お客さんたちが一斉にカウンターの周りに集まってきた。

　え、なになに？

　すると、さっきまでかかっていた落ち着いたジャズから切り替わって、軽快なリズムが鳴り始める。

三人目のシフトメンバー、今までフロアにいたモモさんが戻ってきて、大きく手を叩いた。

「きゃー！　トワさんとナナさんのタンデムー！　きゃーきゃー！」

まるで憧れの魔法少女を目撃したかのように、目がキラキラと輝いてる。

なに、タンデムって。スマホで検索しようとしたら、絢が肩に手を添えてきた。

「始まるよ」

音楽がひと際大きくなった。

次の瞬間、トワさんとナナさんがカウンターの中で酒ビンを高く放り投げた。えっ⁉

円を描いて落ちてくるビンをキャッチしたと思ったら、今度はまるで新体操のバトンみたいにくるくると手元で回転させる。リスがじゃれつくように、酒瓶がふたりの体の周りを踊る。

しかもその動きは、ぴったりとユニゾンしてた。

「えっ、すごい、すごーい！」

これは、ふたりで一組のジャグリングダンスだ！

あたしは誰よりも強く手拍子《てびょうし》をとる。演技を続けて気分が盛り上がってきたのか、トワさんが不敵な笑みを浮かべてた。

「まだまだこんなもんじゃないんだから」

今度はふたりの間を酒瓶とカップが飛び交っていく。放物線を描くふたつの軌跡が美しい。

向かい合わせに、時には背中合わせに。しなやかな身体《からだ》の曲線が時には交差して、少しも目が離せない。

くるっと回ったトワさんが店内にウィンクをすると、何人かが胸を撃ち抜かれたようなフリをしてた。もしかしたらフリじゃないかもしれない。ナナさんはあくまでもクールに、パフォーマンスに集中してて、それもすごくかっこよかった。

驚いたのはそれだけじゃなかった。ふたりはなんと、ジャグリングをしながら液体をカップに注いでる。もしかしてこれは、カクテルを作ってるってこと？

ダンスは五分ぐらいか、あるいはもっとか。どちらにせよ、あっという間の出来事だった。

ビンのお手玉が終わり、シェイカーに入れた液体をグラスに注ぐふたり。

お客さんの大きな拍手が響き渡る中、グラスがあたしと絢の前に差し出された。

「はい、どーぞ、マリカちゃん」

「どうぞ、アヤ」

「えっ⁉　すごい！」

語彙《ごい》のなくなったあたしは、まるで黄金を見つけた冒険家みたいに、グラスを掲《かか》げて光に透かす。海の蒼《あお》を閉じ込めたようにきれいな、透明なブルーのカクテル。

踊りながら作られたカクテルは、非日常の色にきらめいてた。

「ちなみに、カレンさんが今楽しんでいるカリブの海をイメージしてみたよ」

飲むのがもったいなくなっちゃうぐらい、素敵だ。

「いや……失敗しないでよかったな、トワ」

「そっちこそ、何度かよろけてなかった？」

「後輩の前で失敗するはずないだろう」

息を切らせて、わずかに汗をかいて、憎まれ口をたたき合う先輩ふたりは、手近なカップを掲げて、コンとぶつけ合った。

大盛り上がりのバーで、絢がカクテルグラスを手に、微笑む。

「鞠佳、かんぱい」

「乾杯！」

バーで使ってるグラスはガラスが薄く作られてるものもあるので、ぶつける乾杯はNGらしいとアルバイトしてから教わった。代わりに、軽く持ち上げるのが乾杯のマナーらしい。なんとなくお洒落《しゃれ》でかっこいい。

ここは楽しいことだけがある楽園。ドアをくぐればつらいことや苦しいことは一切《いっさい》なくなり、きれいなお姉さん方がお出迎え。そんな非日常を作り出そうと、常にがんばり続けてくれるスタッフのために、あたしたちはグラスを掲げる。

「ありがとね、絢。あたしにいろんなことを教えてくれて」

あたしはカウンターの上、絢と手のひらを絡める。

絢は少し頬を赤く染めて、ううん、と首を振った。

「……私は、鞠佳みたいにはできないけど。でも、私には、私のできるやり方があるから」

「うん……嬉しい、絢」

差し出されたカクテルみたいに、絢があたしの好意を一息に飲み干してくれる。アルコールに酔ったような絢の火照った頬が、どうしようもないほどかわいらしかった。

どうせならこのまま、家に帰りたくないな、とか言っちゃいたいんだけど……。

「それじゃあ鞠佳、帰ろっか」

にっこりと絢が微笑んで立ち上がる。そうなるよなあ！

「うん…………」

かすれるような笑みを浮かべて、あたしも立ち上がった。

トワさんとナナさんにお礼を言って、お会計を済ませてから店を出る。

ふたりで禁欲しようと決めた日以降、あたしたちはキスもしてない。ぜったい、止まらなくなっちゃうってわかってるからだ。

大丈夫、あたしはえっちじゃないから、大丈夫。ぜんぜん平気。あと一ヶ月でも一年でも余裕。絢とは想《おも》いが通じ合ってるから平気。

へいきだもん！

＊＊＊

その日、おうちに帰って寝る準備を整えてると、珍しい人からの着信があった。

可憐さんだ。慌ててスマホを取る。

「あれ……あの、はい、もしもし？」

『あ、鞠佳ちゃん？　今、大丈夫だった？』

「ええ、あの、寝るかなーってごろごろしてるところだったので」

お風呂上がりで髪を乾かした後だった。スマホに通話用のイヤフォンを接続して、ベッドに腰掛ける。

『そっか、そっちは夜かあ。わたしたち、さっき朝ご飯食べたばっかりだよ』

「おー……海外って感じですね。あ、電話代とか平気ですか？」

『うん、そういうプランに入ったから、大丈夫。ありがとうね。それより、きょう久々にトワちゃんとナナちゃんが、フレアバーテンディングしたんだって？』

「あ、はい！　なんか踊るやつですよね、すごかったです！」

『ふふっ、あれはね』

可憐さんが語るには、お店を開いたばかりの頃、トワさんとナナさんが少しでも集客の足しになればと、一生懸命練習していたものらしい。

当時はバーのお客さんを増やすために、みんなで頭をひねってたんだとか。いろんな方法で、少しずつ店を盛り上げていって、ようやく今のお店があるんだという話をしてくれた。

「なんかそれを聞くと、トワさんがいい人みたいに聞こえてくるから、嫌ですね……」

『あははっ』

たぶんそれだけで、可憐さんはあたしの置かれてる状況を理解してくれたようだ。しばらく笑ってた。ぐう。

『あのね、電話したのはそれだけじゃなくてね。鞠佳ちゃんもうちのお店で働いて少し経ったでしょ？　なにか困ったことないかな、って』

きょうはいろんなことがあったからか、可憐さんの優しい声は、今までとなんにも変わってないはずなのに、あたしはなんだかじーんとしてしまった。

今思えば、あのバーは可憐さんの人柄そのものだ。

いつだって周りを気遣《きづか》って、自分以外の人を幸せにしようと思ってくれてる可憐さん。親切で、気配りが細やかで、大人っぽくてかわいらしくて。そんな人がオーナーだから、周りに人が集まってくるんだろうなあ。

「はい、大丈夫です。絢もいますし、毎日楽しいです！」

『そう？　よかった。ほっとしちゃった。鞠佳ちゃんならうまくできると思っていたんだけどね、うちの子たち、みんな良い子だから』

あのアクの強いスタッフたちをまとめて『良い子』と言ってしまえる可憐さんのパワフルな

コミュ力は、すごい。可憐さんのこと好きだなあ、って感情が急にあふれてきた。

「可憐さん……」

『なーに？』

すぅと息を吸って、訴える。

「あたし、可憐さんみたいになりたいです！」

『ええー!? どうしちゃったの、鞠佳ちゃん！ ええー？ 嬉しいけど』

今まで接してきた大人で、お父さんやお母さんとかは除いて、憧れる人はいなかった。芸能人のファッションとかに憧れたことはあったけど、そうじゃなくて、この人みたいになりたいなんて思うのは、初めてのことだった。

『でも、そう、そうね、わかったわ。鞠佳ちゃん、そこまで言ってくれるなら、わたしもちゃんと、紹介してあげるからね』

ん？

「紹介って、誰をですか？」

『もちろん、リンダちゃんよ。大丈夫、最初は怖いかもしれないけれど、すぐに恥ずかしいのだって気持ちよくなってくるから、ね？ わたしたちに任せて』

「…………可憐さん、なんの話をしてます？」

可憐さんはしばらく押し黙った後、聞き返してきた。

『AV女優になりたいって話じゃないの？』

あたしは部屋の中で怒鳴った。

「違いいますけど、、、⁉」

立派な仕事だとは思いますけどね⁉　可憐さんのそういうところは憧れない！

第三章

シャワー上がりのあたしの肌は、わずかに赤みを帯びてる。それはきっと、羞恥《しゅうち》のせいだけじゃなくて、もしかしたら、興奮。あるいは、期待……なのかもしれない。

マンションの一室にいるのは、あたしだけではなかった。カメラを持った女性。それに、メイクさん。

そして、相手役の――。

『でも、光栄だわ、鞠佳《まりか》ちゃん。わたしが、鞠佳ちゃんのデビュー作に出演できるなんて』

艶《つや》やかな声が、あたしの耳朶《じだ》に入り込む。

『きょ、きょうは、どうぞよろしくお願いします』

あたしと同じバスローブを着た可憐《かれん》さんが、微笑《ほほえ》む。その成熟した美貌《びぼう》が、あたしを手招きする。

緊張したあたしの肩に、可憐さんがそっと触れてきた。手つきがなんだかいやらしくて、あたしは身体《からだ》をびくっと震わせる。

指先の動きだけでわかる。この人、すっ、ごく、上、手、だって。

可憐さんが『大丈夫《だいじょうぶ》よ』と耳元にささやいてきた。

『力を抜いて、鞠佳ちゃん……。きょうはただ、自分が気持ちよくなることだけを考えればいいのよ。わたしが優しくしてあげるからね……』

『は、はい……』

甘い声に、頭がとろけて、なにも考えられなくなってゆく。

ゆっくりとバスローブをはだけるあたし。その下はもちろん、一糸《いっし》まとわぬ姿。恥《は》ずかしさのその奥で、つぼみのようななにかが花開いてゆくのを感じる……。

可憐さんが、あたしに顔を近づけてきて。

『十年に一人の美少女、大型新人・榊原《さかきばら》鞠佳ちゃんのデビューと、引退したAV女優の電撃復活……。わたしたちふたりで、新たなる伝説を、作り上げましょうね、鞠佳ちゃん━』

あたしは夢の中、叫《さけ》ぶ。

『━━作り上げませんけど!』


「榊原さん……榊原さん……」

遠くから声が聞こえる。

「はっ」

あたしは顔をあげた。なんか、とんでもない夢を見てた気がする。絢《あや》に知られたらめちゃめちゃ怒られるタイプの……。

するとⅡ目の前には先生が立ってて、あたしを冷たい表情で見下ろしてる。あちこちからくすくすという笑い声。

バチッと頭の中の回路が切り替わる。とっさに空気を察知して、弁解する。

「起きてました」

「じゃあ今の問題の答えは?」

周囲を見回す。目が合ったのは柚姫《ゆずき》ちゃんだった。口元に手を添《そ》えて「18ページの問2だよ～」と教えてくれる。教科書に視線を落とし、コミカルに手を挙《あ》げて堂々と告《つ》げる。

「y=3x+3です!」

再び笑い声がした。先生が眉根《まゆね》を寄せる。

「それは一個前の答え」

「違うじゃん柚姫ちゃん!」

「ごめーん間違えた～!」

「ちゃんと聞いてなさい」

先生がため息をつくと、耐《た》えきれなくなったらしい悠愛《ゆめ》が大げさに噴き出してた。くそう、くそう、めっちゃ恥《はじ》かいた。

いや、いいんだけどね、隙《すき》を見せたあたしが悪いわけで。みんなが笑ってくれたから、元は取った。あたしは目頭《めがしら》を揉《も》みしだく。

にしても、やばい眠気だった。まじで気絶してた。保健室いっておけばよかった。午後に追加で花粉症《かふんしょう》の薬をキメたせいだ。これだから春はもう！

授業が終わると、すぐさま柚姫ちゃんがごめんねのポーズであたしの席に走ってきた。

「リアルにミスっちゃった～！　ごめん、ごめんね鞠佳ちゃん！」

「ま、あたしが寝てたのが悪い……」

あくびを噛《か》み殺《ころ》す。柚姫ちゃんが心配そうに小首を傾《かし》げてくる。

「鞠佳ちゃん、花粉症つらそうだね。メントールたべる～？」

「ありがとー」

ミントグミをもらっちゃった。口に含むと、顔に隙間風が吹くみたいなスースー感。うん、目が冴《さ》える。

「お菓子《かし》食べてる鞠佳ちゃんかわいい！」

なんのこっちゃ。

しゃがんだ柚姫ちゃんは、机にもたれかかって、あたしを上目遣《うわめづか》いに見上げてくる。

「鞠佳ちゃんって遅くまでバイトしているんでしょ～？　働き者だよね～。なにかほしいものとか、あったりするの？」

「それもあるけど、今はちょっとしたお店の手伝いでね。まあまあ、けっこう楽しいよ。スタッフもお客さんもヘンな人ばっかりで」

「えー、うけるー」

ビアンバーというのは伏せて話す。噂《うわさ》が広まって、高校生が大勢押しかけてきても困《こま》るからね。柚姫ちゃんは屈託《くったく》なく笑う。

「いいな〜。ゆずもおしゃれなカフェとかでバイトしたかったけど、なかなか面接受からないんだよね。そうこうしているうちに、もう高校三年生だし……」

面接とか落ちる人いるのか、と思ったけど、口に出すのは嫌味《いやみ》なので適当にうなずく。

「ふーん、飲食やってみたいの？」

「違うよぉ、鞠佳ちゃん。出会いだよ！　大学生のお兄さんとか、他校のイケメンくんとか、きれいなお姉さんとか、仲良くなりたいもん〜！」

出会い……。確かに、アルバイトをする大きな理由だ。女子高生の常識がすっぽりと頭から抜け落ちていたことに、衝撃を受ける。あたしは一応、一年前まではかなり模範的な女子高生だったはずなのに……。

「でも柚姫ちゃんって、前に女の子と付き合ってたことあるとか言ってなかったっけ」

「あのね、えっとね。ゆずはね、ぱんせくしゃる、だから」

まるで覚えたての言葉のように使う柚姫に、聞き返す。

「ぱん……？」

そこに、玲奈《れいな》が通りがかる。

「パンセクシュアル。全性愛者のことだねー」

柚姫ちゃんが「それそれ～」とうなずく。このふたり、ゆるいテンポの喋《しゃべ》り方が似てるから、まるで波長が合うように錯覚するマジックが発生してる。中身は小羊《こひつじ》と女豹《めひょう》だぞ。

あたしはぜんぜんわからないので、聞いてみる。

「全性愛者って……男も女も好きになるってこと？」

「それはバイ。パンセクシュアルは、相手がトランスジェンダーやノンバイナリーであっても関係ないってこと。好きになった人がタイプってやつだねー」

また知らない言葉が出てきた。スマホで調べると、トランスジェンダーは、心と体の性が一致していない人。ノンバイナリーは男性、女性の性別に合致しないと意識する人、だそうだ。

「詳《くわ》しいじゃん、玲奈」

「ま、げーのーじんですから？」

なるほど、放送コードとかいろいろあって勉強してるのかも。柚姫はわかってるのかわかってないのか、ニコニコしてる。

「ゆずねー、かわいい人もかっこいい人もなんでも好きだから、あ、これいいじゃん、ってなって、パンセクシュアルってことにしよーって思ったんだー」

「そんなノリで決めていいもんなの？」

「知らないけど、いいんじゃないかな〜？　だって自分のことだし〜」

「にしても、教室ですごいこと話してんねー」

玲奈がまるでたしなめるみたいに笑う。

ここ何週間か一緒に行動してわかったけど、柚姫ちゃんにはあんまり友達がいないみたいだった。北沢《きたざわ》高校は変人の集まりで、人は人、自分は自分、みたいなアウトローが大勢通ってる女子校ではあるんだけど、その中でも、柚姫ちゃんはさらに浮いてた。

今みたいに、サラッと自分のことをあけすけに語るところとか、確かに変わってる。あんまり空気を読む気もなさそうだし。

だけど、柚姫ちゃんは首を傾げてこめかみに指を当てて。

「えー、でも別によくない〜？　メントール好きとか、LIZ LISAに憧《あこが》れるよね、みたいな感じで語っても。ようするに、好みの話でしょ〜？」

「ま、玲奈さんや鞠佳は、べつになんとも思わないけどねー」

玲奈があたしの肩に手を置いて、勝手にそう言う。いや、思わないけどさ……。玲奈にあたしのことをさも理解してる風に語られるの、なんかやだな……。

ぱん、と柚姫ちゃんが嬉《うれ》しそうに手を叩《たた》く。

「やっぱり〜。鞠佳ちゃんは、そんな感じしてたんだよね〜。うーん、懐《ふところ》が深いっ」

手を握られた。いや、うーん？　買いかぶられてる気がする。

ただ別に、クラスメイトの子が誰《だれ》を好きだろうが、どうでもいいじゃんっていうか。それより話してて楽しいとか、人に気遣いができるとかのほうが、あたしには大事ってだけで。

「じっさいは鞠佳もイロイロあるから。ねー？」

「うるさいな、玲奈……」

睨《にら》む。匂《にお》わせやめなさい。

それから、声をひそめて言う。

「でも柚姫ちゃん。玲奈に賛成するわけじゃないけど、学校であんまりそういうこと、おおっぴらに話さないほうがよくない？」

「どうして？」

「いや、なんていうか、柚姫ちゃんがいいならいいんだけど……」

なんだかうまく言えそうになかったので、言葉を引っ込める。

あたしはいうなれば、学校で過ごしやすいようにキャラを作って、それに沿って人気者を演じてるわけで、素の自分を見せる気なんてこれっぽっちもないんだけど。

「別に、わざわざ居心地《いごこち》悪くする必要なくない？　って思って」

なんでもかんでも正直に白状するのは、あたしは違うって思ってる。ＬＧＢＴに限ってどうとかじゃない。例えば、イタい趣味がめっちゃ好き！　って公言して回るとかも、そう。

そういう、人と変わったことはなんだって胸に秘めておけば、余計なトラブルを引き起こすともない。平和に安穏《あんのん》と過ごせる。楽しいだけの日々が待ってる。

だけど柚姫ちゃんは、めちゃめちゃ純真《じゅんしん》な目をして聞き返してくる。

「ゆずは居心地いいよ？　鞠佳ちゃんも、玲奈さんもこうしてお話してくれるもん」

思わず、押し黙る。玲奈は軽い調子で告げる。

「頼永《よりなが》はそれでいーんじゃない？　ま、れいなさんだったら、口が裂けても言わないけどね。マイノリティってカミングアウトすると、オシゴトのカラーが変わっちゃうから」

「芸能界ってたいへんなんだね～」

「まーねー。ニンゲン売ってる商売だからねー」

玲奈のビターなセリフを聞き流し、あたしはぼんやりと頬杖《ほおづえ》をつく。

なんとなく、バーのことを思い出してしまった。

夜の新宿に生きてた人たちは本当に自由で、まさしくあれは楽園って感じで。

あたしは自分の学校での生活に満足してる。最近花粉症がひどかったり、絢とあんまり喋れなくなったのは残念だけど……まあ、概《おおむ》ね満足はしてる。

女の子と付き合ってるなんて、わざわざ言う必要はない。だけど、そうしない限り、あたしが絢と一緒にいられないなら……。

「ああ～～……」

思わず机に突っ伏した。なんか最近、考えること多すぎじゃない？　花粉で弱ってるんだからさあ、もうちょっとあたしに優しくして、世界。

さらに、新たな人の気配。

「鞠佳」

びくっとして、顔をあげる。とうの本人、絢だ。

「私、きょう歯医者で」

「あ、うん、わかってる」

「ん……ならいい」

それだけ言って、あっという間に席を離れてゆく。滞在時間、わずか四秒。

まあ、絢はあたしの人間関係に迷惑をかけないようにって心がけてるんだろうけど……。なんか、冷たい横顔だった。

あたしは改めて思い直す。バーの仕事が終わったら、学校の環境改善に力を入れなきゃいけないな……と。

例えば、あたしが絢と付き合ってることを柚姫ちゃんにだけ言うとか……？

「不破《ふわ》さんと遊びにいくのー？」

「まあ、そんな感じ……」

ぽわぽわして、どこか摑《つか》みどころのない柚姫ちゃんだけど、なんとなく話してもいいかなって気分にもなってきた。先に柚姫ちゃんが秘密を打ち明けてくれたからかもしれない。いや、この子にとっては秘密でもなんでもないみたいなんだけども。

「鞠佳ちゃんと不破さんって、二年のときは仲良かったよね？　廊下とかでもよく見たけど。でもどうしたの？　ギスってて、ケンカでもしてるの～？」

柚姫が思わず脱力をするような質問を投げてくる。なんて答えるべきか！

すかさず玲奈が笑いながら言った。

「そーゆーこと聞いちゃうとか、意外といいキャラしてるじゃん、頼永」

「？」

余計なことは言うんじゃないぞ、玲奈！

ああもう。最近は学校のほうが神経すり減らして、ヤだ！　早くバーにいきたいよー！

＊＊＊

本日はなんと、あたしひとりでの出勤です。

絢はこの日おやすみをもらってたらしく、あたしひとりを出勤させることが、かなり不安そうだったんだけど、もういい加減一週間近く働いてるんだから楽勝楽勝！　って押し切った。

とはいえあたしひとりじゃ飲み物を作れず、延々《えんえん》と氷水とナッツを出すだけのお店になってしまうので、代わりに、他のスタッフが来てくれる模様。

さて、誰が来るんだろう。

学校で絢から受け取った鍵《かぎ》で、バーのドアを開ける。いや、開けようとしたら、すでに鍵は開いてた。あれ、誰かもう先に来てる？

「……ん？」

薄暗い店内に、人の気配があった。

えっ、なに？　思わず身構《みがま》える。

すると、金色に輝くツインテールが、踊るように現れた。

「いらっしゃいませ！　ご注文はなにかしら！」

すらりとした華奢《きゃしゃ》な手足にバーテンダーの制服をまとった、元気な外国人。驚くほどに頭が小さくて、目鼻立ちのぱっちりとした、容姿は文句《もんく》なしの美少女、アスタロッテだった。

「えっ⁉」

営業時間前なのに恭《うやうや》しく頭を下げてきたアスタに、あたしは後退《あとずさ》りする。

突っ込みたいところは山ほどあるんだけど、それより、まさか。

「絢の代わりに来るスタッフって、アスタ……？　じゃないよね？　さすがに」

「ふっふっふ」

アスタはわずかな光の中でも鮮《あざ》やかに発色するツインテールを、さらりとなびかせて笑う。

「ついに、このときが来たわ。ワタシもカレンのためになにかしたいって訴え続けてきて、ようやくよ。ようやく、お手伝いができるのね！」

いや、うそでしょ……。

「……そもそもアスタ、飲み物作れるの？」

まあ、可憐さんとめちゃめちゃ仲良いし、ワンチャン、あるのか……？

ちらりとバーカウンターを見て、アスタが胸を張った。

「もちろんよ！　銀のストローでちゃかちゃか混ぜればいいんでしょ？」

アスタが見せてきたのは『初めてのカクテル』と書いてある教本だった。だめすぎる。

日本語を『ありがとう』しか覚えてない外国人が自信満々に『I can speak Japanese!!』と言い張るような笑顔で、アスタはさらに胸を反《そ》らせた。

「当たり前よね、カレンのピンチにワタシが動かないなんて、そんなことありえないもの。大丈夫よ、カレン。帰ってきたら、アナタのお店は満員御礼、コミックマーケットよりもたくさんの人を集めてあげるんだから！」

アスタは南の島に向かってビシッと指を立てる。やる気だけは、誰よりもあるみたいだ。なるほど。だったら、それなりに頼りに……いやいやありえないでしょ!?

「そもそも未成年なんだから、お酒触ったらその可憐さんの戻るお店すらもなくなっちゃうっての！」

「心配いらないわ、マリー。きょうのワタシ、いつもと一味違うでしょ？　そう、少し背伸びしたオトナのメイクなのよ」

「……それが?」

「つまり、リトルレディはもう卒業。今夜のワタシはプリティウーマンなんだから、お酒ぐらい、なんてことないわ」

「そういう風にはできてないんだよ、日本の法律は!」

帰ってきた可憐さんが、潰《つぶ》れたバーの前でどさりとバッグを落とす映像が頭に浮かんでしまった。あまりにもいたたまれない。今こそこのお店をあたしが守らなきゃ……。

「ほら、アスタ、良い子だから!」

「大丈夫よ!」

「だめなんだってば!」

「…………マリー」

腕を掴む。すると、じわっとアスタの目に涙が浮かんできた。

うっ。

「……ワタシも、カレンの役に立ちたかった、のに……」

絞り出すようにつぶやくアスタ。

ま、まってまって。あんたのキャラで急にしょげないでよ! 泣き落としはずるいぞ! なんかあたしが悪いことしてるみたいじゃん!

「それは、その、気持ちだけで、きっと可憐さんもありがたいっていうか……」

「…………ぜったい、だめなの……？」

あたしは知沙希《ちさき》と違うんだ。かわいい子の涙程度で、首を縦に振ったりはしないぞ！　しないけど、あたしにだって良心というものがある。大好きな可憐さんのためになにもさせてもらえないアスタは、さすがに不憫《ふびん》だ。

なにかうまくアスタをごまかせる方法があればいいんだけど……。

コツコツコツという靴音が響いて、何者かが階段を降りてきた。

振り返ると、そこには呆《あき》れ顔の女性がいた。

「なにやってんの、あんたたち……」

「モモさん！」


結局。

絢の代わりにお店に出勤してくれたモモさんによる「まあ……いいんじゃない？」の一言によって、アスタはバーのお手伝いを許《ゆる》された。

ぱぁっと顔を輝かせたアスタが、「ありがとうモモ！　大好きよ！」と声を弾《はず》ませて、モモさんの頬《ほお》にキスをする。モモさんはしばらく照れまくった挙げ句「同じ学校なんでしょ！　だったらマリカちゃんが面倒見てよ！」とアスタの世話をあたしに押し付けてきた。ひどい。

「それじゃあマリー！　ワタシなにをすればいい？　なんでもやるわ！」

まあ、好きな人の力になりたいって、その気持ちはあたしもわかるから……。仕方ない。

「じゃあええと、一緒にお掃除《そうじ》しようか……」

「ええ、店内ぜんぶピカピカにしてあげる！」

ぐっと袖《そで》をめくって、アスタは掃除用具入れからモップを持ってきた。

指導しながらのお掃除を開始する。ただ、アスタはもともとが細かいことを気にしない大雑把《おおざっぱ》な性格だからか、だいぶ抜けが多い……。

「ちょっと、アスタ。テーブルはちゃんと隅々《すみずみ》まで拭《ふ》くんだよ」

「あら？　でもとってもキレイに見えるわ」

「あんたの目が電子顕微鏡なら、あたしだってそっかそっかってうなずくんだけどね」

いちいちそんな調子だから、普段よりもずっと清掃に時間がかかってしまう。

まあでも、新人に指導するってそういうことだからね……。あたしはなったことないけど、ファミレスの教育係の人も大変そうだから……。

しかし、アスタはやる気が空回りがちの様子で、張り切ってはいるみたいなんだけど、見ててヒヤヒヤする。手つきが危なっかしい。

「わ」

「おおう！」

振り回したモップの柄《え》が、カウンターの上に置いてあった花瓶《かびん》を倒しそうになって、あたしは思わず手を伸ばした。間一髪でキャッチ！　さすがあたし！

「き、気をつけてよね、アスタ……」

「わあ、マリー、とっても運動神経がいいのね！　でもね、見て、ワタシだって、Y字バランスができるのよ！」

アスタはその場で高々《たかだか》と足をあげた。片足をあげてぴたりと直立した得意げなアスタに、あたしは「体、柔《やわ》らかいのね……」と言うのが精一杯だった。

危なすぎる……。グラスとか触らせられないぞ、これ……。

カウンターセッティング中のモモさんに、訴える。

「どうするんですかモモさん……。このまま22時までアスタを働かせるんですか……!?」

「そ、そんなこと言われても……！　マリカちゃんだって見たでしょ……。涙目だったんだから、追い返したらかわいそうじゃない……！」

「目先の優しさこそが、いちばんの罪なんですよ……！　野生動物に餌《えさ》をあげるなら、最後まで面倒見る覚悟じゃないといけないんですから……！」

「だ、だって……！　ここまで危なっかしい子だなんて、思わなかったし……！」

このまま圧をかけると、モモさんまで泣いてしまいそうな雰囲気《ふんいき》なので、あたしは黙らざるを得なかった。この、赤ちゃんめ！（トワさん談）

こそこそ話してると、あたしたちの視線に気づいたアスタがぐっと力こぶを作るようなポーズをした。がんばってるわ！　のアピールだ。こいつぅ！

いや、待てよ、と頭を切り替える。

そもそも狭い店内だ。カウンターならともかく、ホールしかできないスタッフがふたりもいたところで仕事はないし、すれ違うのも大変だ。

「つまり、あたしは帰ったほうがいいのでは……？」

「やめて！」

顎《あご》に手を当てて真剣につぶやくと、モモちゃんセンパイに腕を掴まれた。冗談ですってば、冗談。まあ、半分ぐらいは……。

しかし、となるとアスタをどう有効活用するのが正解か。あたしにはもう思いつくことはなにもない。モモちゃんセンパイはまるで現実逃避するみたいに、自分のお仕事をしてた……。

そして、開店の時間だ。なんでもやりたがるアスタを引き連れて、看板《かんばん》を出して戻ってくると、早速一組目のお客さんがやってきた。

「いらっしゃいませ！　ご注文をどうぞよ！」

まだ席に案内してもいないのに、アスタがお出迎えする。

常連のお姉さんは、アスタを見て「きゃあ！」と黄色い悲鳴をあげた。

「アスタロッテちゃん、かわいい！　その制服、とっても似合っていますね！」

「うふふ、ありがと！　モモのロッカーに入っていたのを借りたのよ」

「いつのまに！」

バーカウンターの中で働いていたモモさんが、遠くからツッコミを飛ばしてくる。アスタはニコニコとひまわり畑のような笑顔で微笑む。

「あのね、ワタシもカレンのお店を手伝いたいって、ずっと思ってたの。夢が叶《かな》ったわ！　だからね、きょうはいっぱい注文して、いっぱいくつろいでね！」

「わかりました、売上に貢献しちゃいますね！」

きゃいきゃいとはしゃぐお客さんとアスタ。

そうか、アスタはバーの常連だから、お客さんとだいたい知り合いなんだな。

人懐《ひとなつ》っこい金髪美少女なんて、そりゃ目立つに違いない。あたしだって初対面のときには、挨拶《あいさつ》代わりにキスされたしね……。まさかあれを全員にやってるわけじゃないよね？

また常連さんがやってきた。「わー、アスタロッテちゃんー！　えー？　ついにカレンさんと結ばれたの？　バー引き継いじゃうの？」

アスタはキラキラ輝く笑顔で「そうよ！」と答えてた。そうじゃないんだよ。

お客さんと戯れてから戻ってきたアスタが、カウンターの椅子《いす》にもたれかかる。足をぴょんぴょんと跳ねさせながら、モモちゃんセンパイへのおねだり。

「ね、ね、次はなんの仕事をすればいいかしら？　注文を取ってくる？　それとも、お酒を作ればいいのかしら？　なんでも任せて！」

そのとき、あたしは閃《ひらめ》いた。

「モモちゃんセンパイ」

「なあにー？　……いや、リアルになにその呼び方」

早くも疲れ果ててる顔のモモちゃんセンパイに、提案する。

「ドリンク一杯、アスタ30分とか、どうですか」


19時になって、ほどほどに混み始めた店内。大学帰りのトワさんがやってきた。

「ちょっと遅れちゃった。ごめんねー……って」

トワさんが見たのは、お客さんのテーブルについて楽しそうに接客するアスタの姿。そして、お札を掲《かか》げながら「次、アスタロッテちゃんこっちね！」と声をあげるお客さん方。

「なにこれ」

「いやあ」

あたしは『ドリンク一杯　アスタロッテ15分』と書いたスケッチブックを後ろ手に隠しつつ、愛想笑いのような笑みを浮かべる。

「なんか、思った以上に需要があったみたいで……」

「トワ！」

アスタが出勤してきたトワさんに大きく手を振る。

「ようやくワタシ、カレンの力になれたみたい！　みんな優しくしてくれるし、働くのって、とっても楽しいわ！」

大勢のお客さんに囲まれて、ニコニコとお喋りしてるアスタは、心から楽しそうだった。

うんうん、アスタが幸せそうで、あたしも心が軽いよ。なんでも適材適所なんだよね。

だが、トワさんは腰に手を当てて、難しい顔で眉根を寄せた。

「これはさすがに、マリカちゃん……」

「えっ、す、すみません……？」

思わず頭を下げる。あたしの肩にぽんとトワさんが手を置いてきた。

見上げると、トワさんはゆったりとうなずく。

「正直、ナイスアイデア」

「ですよね！」

「アスタロッテちゃん、その調子でどんどんお客さん盛り上げちゃって！」

トワさんがはやし立てる。今夜の主役は、間違いなくアスタだった。

結局、トワさんが来た後も、アスタは時間いっぱいまでお客さんのテーブルを渡り歩いて、そして満足して帰っていった。

アスタとお喋りできたお客さんはしっかり楽しそうだったから、ちゃんと可憐さんの役に立てたと思うよ。よかったね、アスタ！

＊＊＊

「というわけでさ、昨日はアスタが来て大変だったんだよ」

翌日の放課後からは、絢が出勤。ということで、一日ぶりにあやまりコンビの復活だ。

更衣室で、バーテンダーの制服に着替えてる最中、昨日の報告をしてた。なぜなら学校では絢とろくにお喋りをしないからである……。

「でもさ、不思議な関係だよね。アスタって可憐さんのことが大好きなのに、恋人と旅行するように背中押したのもアスタじゃん。どういう気持ちなんだろ」

「アスタは、みんなのことが大好きだから、みんなに幸せになってほしいんじゃないかな。私には、わからないけど」

「そっか」

正直、あたしにもわからない。絢に誰か好きな人がいて、その関係を応援するとか、ありえない。ようするに、アスタの好きって気持ちは、本気じゃないのだ――ってわけじゃなくて、あたしたちとは違うってことなんだろう。

違うことをただ違うだけなのだと認められるようになったのは、いつからだろう。ここが学校じゃないからなのかな。あるいは、このお店にいるからなのかもしれない。

ん、スマホにメッセージが届いてる。誰からだろ、って。

「あ、ほら見て、絢！」

絢の肩を叩いて、振り向かせる。スマホを見せつけた。

「わ……可憐さん、かわいいね」

そう、きょうも可憐さんから送られてきた、南の島の画像だ。

一枚目には、海で楽しそうにはしゃいでる可憐さんの水着姿が写ってた。バーの可憐さんと同じぐらいか、それ以上に魅力的だ。十年想《おも》い合った恋人との旅行なんだもん。そんなの全力で乙女《おとめ》になっちゃうに決まってるよね。

「なんかもう、お腹《なか》いっぱいになっちゃうぐらい、お土産《みやげ》もらってる気分だね」

「しあわせのおすそわけだね」

絢と笑い合う。

せっかくシフトに入ったんだし、可憐さんには楽しんできてほしい！　っていうのは、人間として当たり前の感情だ。可憐さんがあたしたちに応《こた》えてくれてることも嬉しいし、そもそも可憐さんが幸せそうなので全力で嬉しい。

「可憐さんが帰ってくるまで、もうちょっとかー」

カレンダーでは、あと二日か三日ぐらい。

「バーでのアルバイトは、どうだった？」

「まだ終わってないけど、そうだなあ。いい経験だなーって思うよ。絢と一緒に働けるのは純粋に楽しいしね。終わっちゃうのも寂《さび》しいかなって。ただ、お母さんに毎日迎えに来てもらうのは心苦しいので……」

あたしたちが働けるギリギリの22時まで働いてると、家に着く頃《ころ》には23時手前になっちゃうからね。お母さんはもともと帰りが遅い人だからとはいえ、さすがにね……。

ちなみにシフト代わってもらった冴《さえ》ちゃんには、あんまり苦しい気持ちはなかった。あっちは、これであたしに恩を売ったと思って喜んでるみたいだし……。大学生になっても冴ちゃんは相変わらずだった。

「てか、さすがに夏前にはバイトやめよっかなって思ってるし。予備校に通うかどうかはともかくとして、ベンキョーはしなくっちゃね」

「じゃあ、無駄《むだ》づかい控えなきゃだ」

「そうね……えっ、そうね⁉　ウソ⁉　毎月、さらに何万円節約しなきゃいけないの⁉」

ゾッとする。アルバイトの分のお小遣いがぜんぶゼロになるってこと……？　それを何ヶ月？　ええと、なな、はち、きゅー……。最低七ヶ月ぐらい⁉

あたしは思いっきり落ち込んだ。絢に抱きつく。

「うわぁ〜ん、服もなんも買えないし、遊びにも行けなくなっちゃうよぉ〜。七ヶ月もどうやって暮らせばいいんだよぉ〜」

「わかった、鞠佳。私とあそんでくれたら鞠佳に時給1200円」

「めちゃくちゃ割がいいなあ⁉」

隙あらばあたしを甘やかそうとする絢である。ダメダメ！

「お金で依存し出すと、あたしほんとにだめになっちゃいそうだから！　だめだからね！」

「いっしょにご飯食べにいって、ホテルに寄って、もちろんぜんぶ私の払い。そして帰る段階になったら、ちゃんと毎回その場でお金をあげるからね」

「絢活か⁉」

冗談めかしてるけど、あたしが一度うなずけば、まじでやるからな、この女は。

「逆に、絢ってなんでそんなに貯蓄できるわけ？　キャッシュカードなくしたか？」

「あんまり買うものないよ」

「うそだぁ。マンガだって買ってるし、あたしと同じぐらい遊びに行くし、服だってちゃんと揃《そろ》えてるじゃん！」

「私は鞠佳とちがって、着ない服は買わないから」

グサ！　という音が自分の胸から聞こえてきた気がした。その言葉は反則だよ絢ちゃん！

「ち、違うから！　買った時点では着る服なの！　買って家に持って帰るとなぜかいつの間にか『あれ、これ最強だと思って買ったはずだったんだけど、よく見たらコーデムズいな……』の服にすり替えられてるの！」

早口で抗弁するも、絢はまるで聞き入れてくれなかった。あーはいはい、って顔してる。

ちくしょう、本気ですり替えられてるかもしれないじゃん……。謎《なぞ》の組織が、あたしに無駄遣いさせようとしてる勢力かなにかがさ……。

てか、着なくなった服も、ちゃんとまめにメルカリとか出せば、お金戻ってくるのに……。いつか出番があるかもしれないと思って、ハンガーにかけちゃうのもあたしの悪い癖《くせ》なんだよね……わかってるけどさぁ……。

「もう絢にぜんぶ服選んでもらうー……絢の選んだ服だけ買うー……」

拗《す》ねたフリをしてうめく。

するると、給食がカレーだった日の児童みたいに、明らかに目を輝かせて振り向いてくる絢。

「いいの？　ぜんぶってぜんぶだよね。下着もだよね。貯金全額下ろしてくるね。まかせて」

「任せらんないなあ！」

絢の腕を掴む。結局この女は、自分のためにあんまりお金を使わないだけで、あたしのためという大義名分を得たら、急に100万だって惜しくなくなる、ネジの外《はず》れた女なのだ。

そう考えると、むしろあたしが自分のためにじゃぶじゃぶお金を使ってそれで満足してることで、絢はあたしのためにお金を使えなくなって溜《た》め込《こ》む一方になり、結果ふたりのバランスが取れてるんじゃないだろうか……なんてことまで思ってしまう。

つまり、あたしの無駄遣いにもちゃんと意味があった……？

まあ、物欲をなくせば済むじゃんって話だけど、そんなのありえないからね。この世のもの、ぜんぶほしいし。それは言いすぎた。

「とにかく！　いい結婚式あげるんでしょ！　だめ、無駄遣い！　あたしもがんばるから！」

「わかった。でもまたこんど、下着は買ってあげるね。鞠佳に似合うの見つけたんだ。着てもらえるの、たのしみ」

「あ、はい」

まあ、それぐらいならいいか……。かわいい恋人のわがままを、あたしは許してあげることにした。あれ、なにかおかしくない？

更衣室のダベりはそのへんにして、あたしと絢はフロアに出た。

「ほんじゃ、明日を生きるために、きょうもがんばって働きますかぁー！」

「うん、どうぞよろしくね」

あたしが押しかけたとはいえ、可憐さんはちゃんとバイト代出してくれるみたいだしね。しかもそこそこいい額。悪いけど、助かります。本気で。

しばらく、店外のお掃除をしてから戻ってくると。

あたしは絢を見て、あれ、と声をあげた。

「きょういつもとちょっとメイク違う？　絢」

　さっきまでは気づかなかった。あるいは、更衣室でメイクを直してきたのかな。なんか、普段より大人っぽい感じがする。

「……そう？」

　絢の態度に、あたしは目を細めた。

「なんか今、ぎくっとした？」

「そんなことないけど」

　じっと見る。特に嘘《うそ》をついてる様子はなさそうだ。ふぅん？　まあいいや。

「かわいいよ、絢」

「ありがと」

　開店前であんまり時間もなかったので、その場では深く突っ込まなかったんだけど。

　でも、お店を開いてからも絢はどこかそわそわしてるみたいだった。はてさて。

　あたしはまったく予想してなかった。うぬぼれてたのかもしれない。まさか絢があたし以外の誰かの前で、かわいい顔をするなんて。

「いらっしゃいませー」

　入ってきたお姉さん方に頭を下げると、にこやかに手を振ってもらえた。

「きょうもがんばっているのね、マリカちゃん」

「えらいえらい。このままずっとバーで働いていてもいいのよ」

「あはは。それはすっごく楽しそうなんですけど、でもあたし、今年受験があるんですよー」

一週間働いてみてわかったのは、遅すぎない時間帯に来てくれる人はほぼ常連さんだっていうこと。

常連さんは週に何回か、あるいは二日に一度ぐらいのペースで来てくれる人が多くて、あたしも結構、顔を覚えてきた。

初めての人は、だいたい半分ぐらいかな。友達に連れられて、みたいな人が多い。男の人が来たのも一度だけ見たけど、女の子と一緒だった。あたしはもう完全に麻痺《まひ》っちゃってるのでわかんなくなるけど、本当にここは女性が好きな女性が集《つど》うバーなんだな、って実感する。

あたしもそんな人たちの大切な居場所の一部になれるように……とりあえず今は、丁寧《ていねい》に接客をがんばりましょう。

きょうはあたしがまだ会ったことのない、最後のスタッフさんが来る日だ。19時をちょっとすぎて、そろそろアルコールの提供を求めるお客さんが増えてきた辺りで、どたばたと階段を駆け下りてくる音がした。

「ご、ごめん！　遅れちゃったね！」

駅からダッシュしてきたのだろうか、髪がすっかり乱れちゃってる。

第一印象は、かわいい感じの人、だった。

「シオリさん、そんなに急がなくても大丈夫ですよ。更衣室でちょっと休んでから出てきてください」

横から絢が口を出してくる。

「ううー、ありがとうねー、アヤちゃん」

拝《おが》む仕草《しぐさ》をした後で、へろへろの体でバックヤードへと入っていくお姉さん。

あれがシオリさんかあ。他の人から聞いた話によると、可憐さんの高校時代の後輩で、バー立ち上げの際にはオープニングスタッフとして働いてたんだとか。

「なんか、人懐っこい人だったね」

「うん。そういうとこ、鞠佳もちょっと似てると思う」

「そう？」

今思えば——その言葉を、もう少し警戒しておくべきだったのだ！

メイクを軽く直したっぽいシオリさんが、バーテンダーの制服でカウンターに出てくる。髪をさっくりとアップにまとめていて、透明感の塊《かたまり》みたいな人だった。口元にあるほくろが特徴的で、シオリさんの快活《かいかつ》な雰囲気を際立《きわだ》たせてる気がする。

やってきたシオリさんは、たはーという微苦笑《びくしょう》を浮かべてた。

「ごめんごめん、会社出るの遅くなっちゃって。あ、新人ちゃんだね。何度かお店でも見たことあるよ」

「は、はい。鞠佳です、よろしくお願いします」

ぺこりと頭を下げたところで、絢が改めてシオリさんを紹介してくれる。

「こちらはシオリさん、私の教育係をしてくれていたんだ。教えるのが上手《じょうず》なんだよ」

「ま、君たちよりちょーっとだけ、長く生きているからね。マリカちゃんも、なにかわからないことがあったら、気軽に聞いてくれていいからね」

「ありがとうございます。優しそうな人でよかったです」

「うん、シオリさんは優しいよ」

なぜか絢が答えてきた。絢はそのまま、シオリさんに注文を受け渡す。

「シオリさん、それじゃあ早速なんですが、いくつかアルコールのオーダーが来てて」

「あいよあいよー、シオリさんに任せて！」

「ありがとうございます、シオリさん、がんばってください」

「ん！　がんばる！」

ぎゅっと拳《こぶし》を握るシオリさんに、絢が目を細めて笑った。屈託のない笑顔……屈託のない笑顔だ⁉

相当レアなものを見てしまった。絢があたし以外の誰かに、あんな無防備な笑みを浮かべるなんて。どんなにかわいい仔猫《こねこ》の動画を見せられても『ああ、うん、かわいいね』ぐらいのリアクションしかしないような絢が！

っていうか絢の教育係ってことは、あたしよりも付き合いが長いっぽいし。きっと絢にとっては心を許せるお姉さんみたいなものなんだろう。

むしろ絢にそういう人がいたんだってことに、新鮮な驚きがあった。だって絢って、可憐さん相手にもいつだってかしこまってるような態度だから。

ふーん、へー、なるほどねえ。

あたしはカウンターに戻ってきたついでに、絢に声をかける。

「絢って、シオリさんとずいぶん仲良さげだねー？」

「そんなことは、別に」

「ふーん、でも嬉しそうにしてるじゃん？」

「してない」

すまし顔で、絢はきっぱりと言い切った。

なんだ、照れてるのかこの子。それとも、この会話をシオリさんに聞かれたくないとか？

どっちのケースもありそうだったので、あたしは「はいはいー」と適当に会話を打ち切ってあげて、再びホールに戻ってゆく。

「アヤちゃーん、ちょっとこっち手伝ってもらえるー？」

肩越しにチラリと振り返る。

「あ、はいっ♪」（※鞠佳フィルターを通した声）

え⁉　やっぱり今、絢の声弾んでなかった⁉

危ない。びっくりしすぎて、叫んじゃうところだった。

いや、あるいは、他の人にはまったくわからない違いかもしれない……。けど！　あたしは グラス一杯の水に一粒混ざった砂糖を見分けるがごとく、絢の声に誰よりも敏感であった。

シオリさんのそばにくっついていく絢。その表情はなんか、はっきりと照れていて、普段の クールな雰囲気とは違って、女優さんに憧れて事務所に入ってきた新人アイドルの子みたいに 純な感じだった。

……へー！　ふーん⁉

いや、特には別に、なんでもないけどね？　シオリさんいい人そうだし、そりゃ絢の信頼を 勝ち取ってても、おかしくはなさそうだし。

シオリさんと目が合う。まるで邪念を見抜かれたみたいで、ドキッとした。シオリさんはニ コッと笑ってくれる。あたしは、冷や汗を垂らしながら笑い返した。

しかしその間も、絢の視線はシオリさんに注《そそ》がれてる。

なんだろうか、この気持ち。生理始まったばかりの、お腹の奥がずしっと重くなるような、 なんだろう、なんだろうね⁉　知らんけども！

なんかもう、ヤケみたいな笑顔で「いらっしゃいませー！」と挨拶してたら、絢から「居酒屋じゃないんだから……」と突っ込まれた。このやろ。

　それからちょっとして、手提《てさ》げ袋《ぶくろ》を提げた絢が、バーテンダーの制服のままお店を出ていった。休憩、というわけじゃなさそうだ。

「ああ、あれはね」

　注文が落ち着いて氷を補充してたシオリさんが、教えてくれる。

「近くのバーで足りなくなってきたお酒があるみたいで、アヤちゃんが届けにいってくれているんだよ」

「はあ、なるほど」

　こないだ回ったお店のどこかだろうか。まあ、ファミレスでも人手が足りなくなった時は、近隣の店舗から、急遽《きゅうきょ》ヘルプの社員さんが来たりするし。そういうものかな。

「特にうちはオーナーが人付き合いイイからねー。助けたり、助けられたり、しょっちゅうです。特にこの仕事、厄介事《やっかいごと》とか揉め事とかヒュンヒュンって飛び込んでくるわけで、普段から人には優しくしておきましょう、の精神！」

「大事ですよねー」

　ハッ、いかん、気づけばなんか声のトーンがめっちゃ低くなってる！

　美人のしっかりとしたお姉さんを前に、気圧《けお》されているのかもしれない。このバーの人はある意味で親しみやすい人ばかりだったからね！

あたしは一オクターブあげた声で、シオリさんに笑顔を作る。

「あ、あのー、シオリさんってー、可憐さんの後輩なんですよねー？　どういう人だったんですか、学生時代の可憐さんって」

「あー、それ聞いちゃうー？　オーナーは、昔のこと話さないからねー」

「聞くのもあんまりよくない感じですか？」

「ううん、ぜんぜん！　住所とバーの金庫ナンバー以外は、ぜんぶ話しちゃっていいって言われているよ！　あけっぴろげなお姉さんなんだから」

「ノーガードすぎませんか」

「でもねー、学生時代の先輩は、どっちかというとすっごい優等生キャラでねー」

「可憐さんが!?」

脳裏《のうり》に浮かぶ可憐さんは、メガネをかけてドヤ顔をしてた。

「仲のいい演劇部の先輩だったんだけど、恋バナとかまったく興味なさそうで、勉強大好き！書類仕事大好き！　人間はそんな好きでも……みたいな人だったなー」

信じられないなって思ったけど、そもそも信じる信じないのジャッジができるほど、あたしは可憐さんのプライベートについてなにも知らないのだ。

あたしの知ってる可憐さんは、いっつもバーにいる小柄でかわいらしいバーテンダーさんで、やたら人生経験豊富っぽくて、そしてAVに出演してたってことぐらい。

……ぜんぜん知らないのに、可憐さんの裸がどんなスタイルで、どんな顔で喘《あえ》いでたかは知ってるとか、ヤバすぎ。

「今のオーナーはほんと毎日楽しそうで、いいよねー」

「えっ⁉ あ、は、はい、そうですね！」

いや、ていうか慕《した》ってた先輩がAVに出るのって、どういう気持ちだったんですか……。

「大学に入学した途端《とたん》に、『これからの人生はチャレンジだから』とか言い出してさ。オーナーについてきてこんなところまで来ちゃったけど、私ね、オーナーが楽しそうにしてる姿を見るのが、好きなんだ。だから、本業も忙《いそが》しいけど、お店は辞めたくないんだよねー」

「そ、そうなんですね……」

「うん、オーナーの人生がチャレンジなら、私の人生はポジティブだから。なんでも、やらないよりやったほうがだもんね。私もさ、こないだのおやすみは、買ったペダル式のカヤックを車に積んで、東京湾で海釣りしてきたんだよ」

「えっ⁉ シオリさん、そんな感じなんですか⁉」

カヤックってあれだよね、カヌーみたいな。川下りに使うような。

「いやあこれがマダイにワラサに爆釣《ばくちょう》でさ、楽しくて楽しくて止まらなくなっちゃって、まだ四月なのに日焼けしそうだったよ。困るよねー、私、会社で受付スタッフやってるのに」

「は、はあ、すごいですね……」

もうそれしか言うことがなくなっちゃった。あたしはどんな人とも上手に世間話ぐらいはできると思ってたのに、ぜんぜんそんなことなかった。

バーのスタッフさんと仲良く喋れたのは、モモさんぐらいだ。それ以外はみんなすごい人ばっかりで、圧倒的に人生経験の不足を感じる。マダイがどんな味かもわかんない。

「あ、アウトドア、好きなんですか?」

それでもなんとかかんとか、努力だけはしてみせる。シオリさんは口元に手を当てて微笑む。指の隙間から見えるほくろは天然のお化粧みたいで、チャーミングだった。

「うん、好きだよ! スキューバとか、トレッキング、ああ、ハンググライダーも楽しかったなあ。私ね、陸海空制覇《せいは》してやろうと思っててね。あ、でもインドアな遊びだって好きなんだから。マジック・ザ・ギャザリングって知ってる? カードゲームなんだけどね」

「す、すみません、わかんないです」

「じゃあ、TRPGとか、マーダーミステリーとか、ええとそうだな、人狼《じんろう》ゲームは?」

「あ、それならわかります」

「うんうん、そういう感じ。ようするにね、なんでも好きだよ!」

ググッと拳を握るパワフルなお姉さん。絢はさっき、あたしとシオリさんのことが似てるって言ってたけど、ぜんぜんまったく似てないのでは……。

シオリさんはオトナの女性としての魅力と、それだけじゃない無邪気《むじゃき》な笑顔の両方を兼《か》ね備《そな》えてた。学校生活してるだけじゃぜったい出会えないような、生活圏の違う女性。

両親や学校の先生以外の大人と、友達みたいな距離感で話すことがなかったあたしは、不思議な気持ちを覚える。焦《あせ》りのない劣等感っていうか、敬服ほどお利口《りこう》でもない気分っていうか……言葉にしづらい。

トワさんみたいにあたしを弄《いじ》り殺そうとしてくるわけじゃないし、マウント取られてる感じもまったくないし、シオリさんは明らかに魅力的だ。このバーが提供する『非日常』を体現してるひとりに違いない。

それなのに、どうしてあたしはモヤモヤした気持ちを抱いちゃうんだろう。わからない。普段なら、ぜったいシオリさんのこと、すぐ好きになってるはずなのに……。なぜ……。

そこで、絢が他店から帰ってきた。

「ただいま戻りました♪」(※鞠佳フィルターを通した声)

うっ――。

「アヤちゃんおかえりー。お使いできて偉いねー」

シオリさんがまるで娘を褒《ほ》めるみたいに言うと、当の絢は目をそらし、わずかに頬を赤らめながら小さく口を開く。

「……これぐらい、今じゃなんともありません♪　私だって、もう二年も働いているんです♪

シオリさん、いつまでも私は研修生のままじゃありませんよ♪」(※鞠佳フィルタ以下略)
「ああーそうだよねー、ごめんね、アヤちゃん。でも私、アヤちゃんができるようになった一個一個のことに、いちいち感動しちゃって!」
「なんですか、それ……♪　別に、いいですけど♪」(※鞠佳フィル以下略)
「いいんだ、やったね!　よーし、いい子いい子いい子――――!」
「そ、それがいいとは言ってません♪」(※鞠略)
その、距離感の近いふたりの、ベタベタしたようなやり取りを見て。
あたしは、ぜんぶわかっちゃった。
――これのせいかあ!

＊＊＊

「緊急招集……って、なに??」

あたしは翌日のお昼休み、校則を破りまくって制服姿で駅前のカフェにいた。

隣の悠愛がメチャメチャ眉をひそめてる。大丈夫、午後一の授業は自習だ。時間はたっぷりある。

「しかたない。鞠佳に頼まれたんじゃ、学校ぐらいサボってあげよう」

「いや、ひなぽよは言われなくてもサボってるでしょ⁉」

珍しい取り合わせだった。あたしの右隣には悠愛がいて、そして左隣にいるのは白幡《しらはた》ひな乃《の》だ。ひな乃は髪をブルーカラーに染めた渋谷のショップ店員で、サボりの常習犯だ。始業式の日、高校三年生の教室で顔を合わせたときには『よく進級できたね！』と一同で冷やかした。

ともあれ悠愛と、そして暇《ひま》そうだったから捕まえたひな乃を前に。

あたしは重苦しく口を開いた。

「カノジョが他の女と、仲良くしてたら、どう思う」

悠愛が間髪容《かんはつい》れずにつぶやく。

「最悪じゃん。戦争だよ」

「そこまで」

「あたしだったら泣きわめくね。もう二度と半径20メートル以内に入ってほしくないって」

「さすが全日本重い女代表の悠愛」

相談する相手を最速で間違えたかもしれない。

ひな乃が、あたしのオゴリのフラペチーノを、ずこーっと吸って、口を開く。

「女同士なんだし、両者に好意がなければ別に」

腑抜《ふぬ》けた言葉を吐《は》くひな乃に、あたしは目を吊《つ》り上《あ》げた。

「好意とか目に見えないだろ！　女同士だからこそ、恋人と友達の違いとかよくわかんないいし！　あたし、あんなキャラぶっ壊れてる絢、初めて見たんだから！」

つい声が荒ぶってしまった。ひな乃がぼんやりと視線を宙にさまよわせる。

「鞠佳って、あの子が初めてのカノジョなんだっけ」

「うん」

「でもあの子、あの顔面っしょ。これまでだっていろんな人にアプローチされてきたんじゃないの？」

「あったよ。誰かに告白されたり、好きになられることはいっぱいあった。でも、あの子が誰かにデレる顔なんて、今まで一度も見たことなかった……！」

あたしが今回の件の特別性を主張すると、ひな乃は静かにうなずいた。

「……なるほど」

「なんだよ言いたいことがあるなら言えよ！　めんどくさそうな顔するな！」

「こいつカワイイところあるな、って思ってただけ。鞠佳の新しい面が見れたよ」

歯噛みする。

「あたしだって、自分がこんなちっさなことを気にしちゃう女だって、知らなかったよ……」

なんせ、初めてだ。絢はあまりにも人間関係が希薄だったから、あの絢が親しくしてる相手で、あたしが知らない人なんて、今までいなかったのだ……。

あれ、あたしちょっと動揺しすぎでは……⁉

我に返りかけて頭を抱えると、小型犬のように悠愛が吠《ほ》えた。

「ちっさくないよ！　人間として当然の感情だよ！　っていうかどいつもこいつも、人のカノジョに気安く声かけすぎなんだよ！　女同士だからって適当に『好き〜♪』とか言ってんじゃないよ！　こちとら一言一句《いちごんいっく》ガチなんだよ！　お前のせいで言葉の価値が下がるんだよぉ！」

噴火した悠愛が、むきーと手をバタバタと振り回す。

わかる……。あたしは心から共感した。好きって言葉を、それぞれの重みで違う言葉にしてほしいよね。好き、メガ好き、ギガ好きっぴ、みたいな。

……まあ、悠愛は柚姫ちゃんのことを怒ってるんだ、ってところだけは、スルーさせてもらう。話がややこしくなるので。ごめん。

「恋人のバイト先で今、ちょっとお手伝いしているんだけどさ」

ひな乃に説明する。絢がそこの先輩スタッフと、めちゃくちゃ距離が近いんだ、てことを。

興味あるんだかないんだかわからない顔で聞いてたひな乃は一言。

「本人に聞いてみたら」

この女、なにもわかってない！

深いため息をついて、顔を手で覆《おお》う。

「だって聞いたらもうそれ、あたしが気にしちゃってるってことが相手に伝わっちゃうじゃん……それで絢が気を遣って先輩スタッフとの仲が微妙になったら、申し訳がない……」

「でも、そういうことをしてほしいんじゃないの？」

この女、情緒が欠落してる……？

「違うんだよ、ひなぽよ」

悠愛が助け舟を出してくれた。

「鞠佳はこう言いたいんだよ。恋人は誰にも気を遣うことなく自由に生きて、無限の選択肢がある中で、それでも自分を優先して、自分だけを選び続けてほしい、ってね。そう、捻《ね》じ曲《ま》げられることなく、一緒にいてくれるのは、ちーちゃんの自由意志であってほしい……」

後半、完全に悠愛の話になってた。

助け舟は泥舟《どろぶね》で、ともに深い沼の底に沈んでゆく。

「めんどくさ……」

あのひな乃が、心の底から鬱陶《うっとう》しそうな顔をしてた。

いや、まあ、あたしは悠愛ほど求めてるわけじゃないけども……！

「だって束縛とか、そんなの重いじゃん……。『あたしは嫌だな』と『あたしは嫌だからその子を切って』には、天と地ほどの違いがあるじゃん！　相手に言っちゃったらもう、おしまいでしょうが！」

「それは、まあ。フラれてもおかしくない」

当たり前の道理を説いて納得してもらったと思ったら、最悪の未来を提示されて最悪な気分

になる。あたしが絢にフラれ……フラれ……？　そんなことあるわけないだろ⁉

隣には同じく最悪な顔をした女がいた。悠愛がバンと机を叩く。

「あたしがちーちゃんにフラれるとか、そんなことあるわけないじゃん⁉　ありえないってば！　………………ない、よね……？」

世界最大級の『しらんけど』が飛び出しそうになる中、あたしは優しくぽんぽんと悠愛の肩を叩いてあげた。

「ないよ、ないない。ありえない」

「うう、うう……今すぐ未来からあたしがやってきて、保証してほしいよ……。あたしとちーちゃんが、この先なにがあっても同じお墓に入るんだって、その保証がほしい……」

「わかる………」

悠愛と、手を取り合う。

おかしい。付き合いたての頃は、絢のほうが圧倒的に重い女だったはずなのに。なんで立場が逆転してるんだ。あるいは絢もこういうことを夜な夜な考えたりするのかな……？　するなら、ぜんぶ話してくれればいいのに……。

悠愛が、ぜったいに知沙希に見せない顔でうめく。

「だいたいさ、あたしの好きな人がたまたまあたしのことを好きでいてくれるなんて、そんなの奇跡なんだよ……。現在進行形で奇跡が起きているんだから、それはもうミルフィーユでできた橋みたいにもろくてさ、本来は関係性が崩壊しちゃう方が自然なんだよ……。こないだ動画でやってたもん、すべてのものはいつか原子ですら崩壊しちゃうんだって……」

ひな乃が「ばりスーパーカミオカンデやん」とつぶやいた。

なんか……悠愛の不安が、あたしにも伝染してきた気がする。

あたし、危機感が足りなかったのかもしれない……。

「だめだ、行動しなくっちゃ……。絢と付き合っていない将来なんて想像できない……」

「まりかぁ……」

悠愛の目はすでに潤《うる》んでた。想像だけでそこまでなっちゃうなんて、こいつ、なんてメンタルが不安定なんだ。

「あたし、こうはなりたくない……」

「くっ、この正直者ぉ……」

「じゃあ、本人に直接きいてみるんだ?」

フラペチーノを飲み干したひな乃が、カップをテーブルに置く。

「うん」

あたしは決意を込めて、うなずいた。

「……とりあえず、相手の女性と絢の過去にどんなことがあったのか、今どんな関係なのか、周囲をそれとなく探ってみることにする……ぜったいに絢には気付かれないように……」

「ばり迂遠《うえん》やん」

なんだこいつさっきからずっと真人間みたいなポジションにいやがって！

「だいたい、ひな乃だって好きな子いるんでしょ⁉　なんでそんなにヨユーなの⁉　心配になったり不安になったりしないの⁉」

「あたしは」

ぽ、と赤くなった頬をごまかすみたいに、ひな乃は無表情でダブルピースする。

「愛されてるし。いっつもドキドキさせてくれるから」

「そんなのあたしだってそうだし⁉」

「そうだそうだ！　ちーちゃんはいつもあたしを大切にしてくれる宇宙一のカノジョだぞ！」

「じゃあいいじゃん……めんどくさ王…………………」

なんなんだ？　あたしと悠愛がおかしいのか？　わかんなくなってきた。

しかし、まさか悠愛とこんなに波長が合ってしまうとは……。あたしってもしかしたらやばい？　的な。まさかね。これは恋する女の子共通の悩みだと信じたい。

立ち上がって学校に戻る準備をすると、悠愛がぽつりとつぶやく。

「……この世から、あたしとちーちゃん以外の女がすべていなくなればいいのに……」

ペアネックレスを握りしめる悠愛の声は完全にガチで、あ、やっぱりぜんぜん波長合ってないな、とあたしは安心した。てかそれあたしも消えるからね。

絢とシオリさんの関係性についての調査が始まった。（大げさ）

とりあえず、絢より先にバーで働いてる人に聞いてみようと思ったんだけど……そうなると、ナナさんと、トワさんか……。究極の選択って感じだな。

あ、いや、だったら可憐さんに聞けばいちばんいいんじゃ？　いやいや、旅行中の可憐さんのお手をわずらわせるのは、さすがに！

だったら可憐さんに近い人……。

あ、と思いついた。いや、でも……まあ、ダメ元で聞いてみよう。

あたしは学校に戻ってすぐ、一年生のクラスがある階へと向かう。

うわ、つい先日入学してきたばかりの新一年生の初々《ういうい》しさ、やばい。誰も髪を染めてないし、アクセもぜんぜんだ。これがあと数ヶ月も経《た》つと、自習だからって平気で授業をサボるようなやつらになっていくのだろう。北沢高校の治安はそんなもんだ。

目立つ姿をしてるし、すぐ見つかるだろうと思ったけど、案外いないなあ。しょうがない。近くの女の子を呼び止めて、聞いてみよ。

「ねえねえ、ちょっといいかな。人を探しているんだけど」

辺りがざわざわとしてる。三年生が一年生の階をうろついてるからかなと思ったら、どこかから『榊原先輩⁉』『うわっ、ほんとだ、かわい〜〜〜！』との声がしてきた。

なんかついこないだもこんなことあったような……。ていうか、なんで一年生がもうあたし

のこと知ってるんだ！　アスタが言いふらしてるのか⁉

一年生の女の子がやってきて、「あ、あの！」と話しかけられる。な、なに？

「インスタ、いつも見てます！　これからもがんばってください！」

「う、うん、ありがと」

これ芸能人が言われるやつじゃない？　あたしは、ついさっきまで友達相手に『カノジョが他の女と仲良くしてたらヤダヤダヤダヤダ！』とか愚痴《ぐち》ってた女だよ……。

「あのさ、ついでにアスタロッテってどこいったかわかる？」

聞いたらすぐ答えてくれるかと思ったら、彼女は首を傾《かし》げた。名前は知らないのかな。

「えと……？」

「ほら、金髪でツインテールにしてる」

「ああ、ガウラさんですね。ガウラさんなら、今、トイレかな？　トイレみたいです！」

近くの子に聞いて答えてくれる一年生。あたしは「ありがと！」と笑顔でお礼を言いつつ、誰だ、ガウラって……となる。

そこで、戻ってきたアスタロッテの姿を見かけた。相変わらずの美貌である。

「マリー！　こないだはありがとうね、とっても楽しかったわ！」

「あーうん」

「どうしたの？　ワタシに会いに来てくれたの？」

実際そうなんだけど、そう言うのはあらぬ誤解を抱かせてしまいそうなので！　なるべく人気《ひとけ》の少ない方へ向かうあたしの後ろを、トコトコと軽《かろ》やかな足取りでついてくるアスタ。

「ちょっと話があって。てかガウラって誰」

「ワタシの名前よ？　マッタ・ガウラっていうのよ」

「ん……？　え、アスタっていうのは？」

「それもワタシの名前よ。だって響きがかわいいんだもの、アスタロッテ、って。だからワタシの名前にしちゃった。ジャパンネームってやつね！」

そうだったのか……。どうりでアスタロッテって聞いても、誰も知らないわけだ。本名はガウラさんなのか。ガウラさん、ガウラさん……。

ぱちぱちと瞬きをしながら、あたしを上目遣いで見つめてるアスタと目が合う。アスタはニコッと笑みをこぼした。

うん、しっくり来ないから、あたしはこのまま『アスタロッテ』でいいや。

「えーとね、その」

「なーに？」

やってきたのは特別教室棟の廊下。窓から差し込む光に、アスタの笑顔が照らし出される。

……なんか、アスタと明るいところでお喋りするのって、初めてだな。

ちょこんと立つアスタはあたしと10センチぐらいの身長差。悠愛よりは背が高いんだけど、でも真新しい制服に袖を通したその姿は、普段よりずっと大人《おとな》しく、お利口さんな感じで『初々しい下級生！』『愛らしい後輩！』ってタグが貼《は》られてるみたいだった。

要するに……かわいいな！　雰囲気が。

うちの高校の美少女トップ3に食い込んできそうな勢いだ。絢と、アスタと、あとひとりは……まあ、玲奈ってところか。

「ちょっと聞きたいことがあったんだけど……ええと、そういえばアスタって今、埼玉から通ってるの？」

「そうよ！　早起きなんだから！」

腰に手を当てて、えへんと胸を張るアスタ。

「でもゼンゼン退屈《たいくつ》しないのよ。最近はね、アヤに教えてもらった百合《ゆり》のお話をたくさん読んでいるから。スマホって本当に最高ね。至福の時間だわ……」

胸の前で手を組んで、アスタは目をキラキラさせた。

いちいちリアクションが大きいのも、妙にかわいく見えてくる。バーでやたらと迷惑をかけてくるぶっ飛んだノルウェー人の美少女が、急にただかわいいだけの後輩にメタモルフォーゼしてしまった気分だ。

学校の先輩としての自覚がぐんぐんと芽生《めば》えてくる。こいつに精一杯優しくしてあげなきゃいけないって気分になってきちゃう。困る。

「アスタ、学校生活、楽しい？」

「えっ⁉　すごく楽しいけれど」

「困ったことがあったら、言いなさいね。よっぽど面倒なことじゃなければ、力になってあげるから」

「え、ええ、アリガト……。なんだかマリー、ワタシのパパみたいだわ」

くすくすと笑うアスタ。その微笑みも、どこか上品だ。

「マリーってば、わざわざワタシにそれを言いに来てくれたの？　とっても優しいのね。好きになっちゃいそうだわ」

「そういうわけじゃないけど」(※本当にそういうわけではない)

「んふ」

アスタはつま先立ちになって、あたしの顔に顔を寄せてきた。ちょっ。

唇の感触は、頬。ほっぺたへのチューだった。焦る。

「あ、あんた、すぐそういうことを……」

「嬉しいって気持ち、伝えたくなっちゃって。でも学校だから、頬までね」

アスタはさらに、ちゅっと投げキッスを飛ばしてきた。不意打ちでびっくりしてたあたしは、頬を押さえながらうめく。

「ちゃんと、お外ではおとなしくって、そういう節度があったのね、あんたにも……」

「なにを言っているの、マリー。ワタシはレディーなんだから、当たり前じゃない。ハメを外してもいいのは、バーの中と、プライベートルームだけよ」

「なるほどね……」

よく考えたらあたし、そのふたつでしか、アスタと顔を合わせたことなかったわ。

アスタが知沙希に勉強を教わってて大丈夫かなって思ったけど、この調子ならちゃんとうまくやってたんだろうな。

「ひとまず、心配はなさそうでよかった。あんた、目立つわけだし」

「ええ、注目の的ってやつね。悪い気はしないわ。だってこの学校の制服、とってもかわいいんだもの！　毎日ドレスアップしているみたい！」

そう言うと、アスタはスカートをつまんでひらひらと揺らす。くるりと回って、明るい笑みを浮かべた。

「それに、トモダチもたくさんいるものね！　マリーやチサト、アヤだって同じ学校で、こうして会えるんだから！」

「まあ、あたしたちは今年卒業しちゃうけどね」

「なら、ワタシも一緒に卒業するわね！　次からは同学年よ！」

「どういう理屈だ」

あんまり和《なご》んでると、休み時間が終わっちゃう。あたしはようやく本題に入る。

「えーっと、アスタってあたしより先に、絢に会ってるよね。それっていつぐらい?」

「わあ、なんだかそれ、探偵の取り調べみたいね！　アニメで見たことあるわ！」

アスタが得意げに顎に手を当てる。

「そうね、ワタシね、インターネットで調べてカレンに会いにいったの。初めてのときは、二年前の春だったわ。まだ中学二年生だった頃よ」

やけに協力的なアスタ少女の証言によると、絢が働き始めてすぐだ。

となると知ってる可能性が高い。次の言葉を尋ねるのはちょっと緊張してしまった。

「ええと、だったらなんだけど、絢とシオリさんってどういう関係なのかなあ、って」

「カンケイ?」

「うん……。なんか、こう……も、元カノだった、とか……」

さすがにふたりが元恋人とまでは、疑《うたが》ってない。ただ、こうして聞いた方がアスタに伝わりやすいかと思って、多少大げさに聞いてみただけだ。

てか、今さらになって、他の女から恋人の過去を聞き出そうとしてることが、恥ずかしくなってきた。しかも学年ふたつ下の後輩相手。下級生には、かっこつけたいタイプなのに！

アスタは、すぐに目をきらんと輝かせた。それは恋バナを浴びた女子特有のやつだ。

「気になっているのね、マリー！」

「ぐっ……そうやって真っ向から直球で聞かれると、照れる……」

だってあたし、もっとカラッとした感じのキャラなのに……。

「いいのよ、マリー。恋する乙女なんだもの、相手のことはなんだって知りたくなってくるわよね！　かわいいんだから、マリーってば」

「……そ、そうだよ！　そういうこと！」

これで満足か、という気持ちで認める。アスタは非常に満足そうだった。ぐぬぬ。あたしは下級生には、弱みを見せたくないタイプなのに……！

「じゃあ、かわいいところを見せてくれたから、ご褒美《ほうび》に、イイコト、教えてあげるわ」

アスタは頬に手を当てて、どこか艶やかに笑う。

そして、燦然《さんぜん》と輝く爆弾を落としてきた。

「カレンから聞いたことがあるの。アヤはシオリのことが好きだった、って」

「……な」

かなり強烈な情報に、あたしは口をぱくぱくさせる。

「す、好きだった、って……それは」

「ふたりがセックスしたかどうかは、知らないわ。でもね、カレンが話してくれたの。昔、ワタシがアヤにアプローチしたときにね。『だめよ、アヤちゃんはシオリが好きなんだから』って」

「………………」

正直、アスタの話だから、どこまで信じるかっていうのは、あるけど。

でも、昨日の絢の態度を見てると……あながち、ぜんぶ嘘ってわけじゃない気がした。

絢はシオリさんに憧れてて、好きだったけど付き合えなかった。だから、シオリさんに似てるあたしに声をかけてきた……？

膝《ひざ》から力が抜けてゆく。壁を支えに立つ。

そこで予鈴が鳴った。アスタはぽんぽんとあたしの頭を撫《な》でてくる。

「でも、昔のことだわ。今はマリーがアヤのパートナーなんだもの。思いっきりアヤを幸せにしてあげてね、マリー！」

アスタがひらひらと手を振って去って行く。

あ、あたしは……。

後輩がいなくなった後も、壁に手をついていた。

そんなに簡単に、割り切れない……！

どうして自分がここまでショックを受けているのかもわからず、しばらくその場に立ちすくむ。確かに、シオリさんはすっごくかわいい人だったけど……だけど、だけど！

いや、それで絢の中で昔の恋が、いい思い出になってるなら、まだいいよ⁉　まだいいのか⁉　わかんないけど！

でも、今でも同じ職場なんだよ！

――それは、だめでしょ！

あたしは、ぐぐぐぐと顔をあげた。

バレンタインデーのときの、決意を思い出すんだ、榊原鞠佳！

どんな相手だとしても、関係ない！

あたしが絢を好きなんだから、あたしは絢の心を振り向かせてみせる……。

あたしだけを見つめさせてやる……！　そうでしょ⁉

歩き出す。あたしの目は燃えてた。

重い女は卒業だ。これからは、そう、奪う女！

略奪だ！

＊＊＊

「お疲れ様ー、きょうもよろしくねー！」

その日の夜、シオリさんは元気に笑みを浮かべてバーにやってきた。

きょうも三人でのシフトだ。着替えてきたシオリさんがカウンターに入ると、あたしと絢がそれぞれ挨拶をする。

酒瓶を並べて、早速、注文の入ったカクテルを作り始めるシオリさん。さすが、その仕草はすごく手慣れてた。

「いやあ、職場にJKがふたりもいると、なんだか私までJKになったような気分になってきちゃったー。ね、三人並んでいるこの感じ、ギザカワユスだね！」

「ぎざ……なんですか？」

あたしが聞き返すと、シオリさんは澄んだ笑みを浮かべた。え、こわ。

「ぱかぱかケータイとか、ワンセグとかさ、そういうのが流行《はや》っていたんだよ、私の頃はね……。いや、ごめん、わかんないね。一回り違うんだもんね！　一回りかぁ……」

「ジェネレーションギャップってやつですね」

あたしが適当に言うと、シオリさんがずっと『魔法のiらんど』の話をしてくれた。なるほど、今でいう漫画アプリの小説版みたいなやつらしい。

少しずつお店が混んできて、あたしはホールを回る。

あたしはこの日、目に見えない『奪う女』のはちまきを巻いて、バーにやってきたぐらいの覚悟だったんだけど……。それでも、計画を本当に実行に移すかどうかっていうのは、正直なところ五分五分だった。

あたしはもともと場の空気を大事にしちゃう性格だから、相手の嫌がることをするっていうのは、あんまり得意じゃない。そりゃね、四人でいるときに悠愛をいじって笑いを取るっていうのは、別だけど。一対一だったら、なおさら相手を楽しませなきゃって思っちゃうから。

だけど、カウンターに並んで立ってる絢とシオリさん。絢がどこかキラキラとした笑顔で、シオリさんに話しかけてるのが見えて……。

「──」

「────♪」（※鞠佳フィルターを通して聞いた、絢の弾んだ声）

あたしは、やっぱりやろう、って決めた。

シオリさんが笑って、絢も笑う。相変わらず、めちゃくちゃ親しげな態度。友達が恋人を連れてきて、三人でいるのにひとりだけ疎外感を覚えるような気持ち。

あー、やだやだ。ほんとやだ。絢の前、カンペキでいられない自分が嫌だ。

結局……。心が重くなるのは、不安だからだ。

あたしが初めて絢とふたりで温泉旅行に行ったとき、付き合いたての頃は、不安なんてなんにもなかった。ヤキモチだって焼かなかったし、絢と付き合ってるってことが嬉しくて、それだけで幸せだった。

今だって幸せなことには変わりない。だけど、あたしはこれから先の人生、ずっと絢と一緒にいたい。絢と別れた後のあたしなんて、想像できなくなっちゃってる。

学校でみんなと楽しくお喋りして、アルバイトして、おしゃれしたり、インスタ更新したり。大学目指して勉強して、あるいは新しい出会いがあったりなかったりして。

──でも、そこに絢がいなかったら、あたしの人生、きっとめちゃくちゃ物足りない。

相手の存在が大きすぎて、ほんのちょっとの不安が、わーっと倍増されちゃう。３００万円するスマホみたいなものだ。ちょっとの操作だっておっかなびっくり。ぜったいに落としてなるものかと、慎重にもなるだろう。

絢は世界にひとりしかいないのだ。新宿の街はきょうだって人が溢《あふ》れてて、あまりにも多くの女の子とすれ違うけれど、それでも絢はここにしかいない。もっとたくさんいればいいのに、残念ながらいない。

大事に決まってる。300万円どころじゃない。世界にひとつだけのスマホだ。スマホじゃないけど！

「それじゃあ、アヤちゃん、マリカちゃん、お疲れさま！」

だから、あたしはシフトが終わって、シオリさんに挨拶してから更衣室に入っていって。

「……」

ロッカーの前、絢と並んで立つ。

あたしはやると決めたらやる女。自分に言い聞かせる。

まるでシオリさんの笑顔を今も見つめてるかのように、ぼーっとしてる絢に向かって。

「ね、絢」

「ん、なに――」

約束破りのキスをした、のだった。

絢がびっくりして、あたしを見返してくる。

「……鞠佳？」

久しぶりのキスは、気持ちいいっていうか、なんだか熱を感じた。

自分の唇に触れた絢が、ゆっくりと口角を上げる。

「……禁欲生活じゃなかったの？　それとも、ガマンできなくなっちゃった？」

挑発的な微笑み。

「可憐さんが帰ってくるまでって話してたのに、これはかんぜんに私の勝ちだよね。ほんと、えっちなんだから、鞠佳って」

そんな恋人の言葉には付き合わず、頬に手を伸ばして、あたしはもう一度キスをした。今度は柔らかな唇に、はむ、と吸いつく。

絢の味を思い出すみたいに、唇をしつこく舌でなぞる。忘れるわけもないけど。

たくさんキスをしてから離れると、絢の頬も赤らんでた。

「……鞠佳」

「うん」

さっきまでの余裕げな表情は、消え去ってた。

「私も、ひさしぶりだから。その、あんまりされると、こらえられなくなっちゃうよ」

甘い香水みたいな、かすれた声。

なんであたし禁欲なんて言い出したんだろう、って思う。キスしようと思えばいつだってキスできる恋人がいるのに、やはり、ばかなのでは？

絢の首筋に触れる。すると、ちょっと指先でなぞっただけなのに、絢は敏感に反応して、目をつむった。

「んっ……」

「絢こそ、ずっと、シてなかったんだもんね。なんか、顔、すごくいっぱいいっぱいな感じになってるよ」

「それは、そうだけど……でも、鞠佳だって」

ドア一枚挟んで、向こう側。バーのほうから小さな笑い声が届いてくる。

絢は恥ずかしそうに、あたしに背を向けた。

「こんなの、生殺しだから……。きょうはもう、どっかに寄って帰る時間とか、ない」

「ちょっとぐらいなら、大丈夫」

後ろから、絢の体を抱きしめる。腰に手を回す。バーテンダーの制服のごわごわとした手触りが、いつもより絢の輪郭《りんかく》を濃く描いてる気がした。

「絢」

「……だめだよ、お店だから」

「あーや」

「ひゃっ――」

不意打ちで耳を嚙むと、絢の全身がびくんと跳ねた。

やっぱり、すごく敏感になってる、絢の身体。

「ちょっと、鞠佳……」

「ここの休憩室借りたことも、あったよね」

「あれは、とくべつな日、だったから」

身をよじってあたしの手から逃れようとする絢だったけど、より強くぎゅっと抱きしめると、またも鼻から抜けるような息を漏《も》らした。

「ん……まりか、ってば」

後ろから手を回して、絢のベストのボタンを外してゆく。ワイシャツの上からお腹を撫でると、絢が腰を揺らした。

普段の絢なら、簡単に振りほどいてくるのに。どうやら、ほんとに、もういろいろとダメになっちゃってるみたいだ。

絢はあたしの手のひらに手のひらを重ねて、か細い非難の声をあげる。

「まだ営業時間で、おきゃくさん、いるんだよ」

「絢の匂い、好きだなあ」

「ねえ、鞠佳……？」

絢の首筋に顔をうずめて、いっぱいに息を吸い込む。学校での制服の絢とは、微妙に違う。どこか大人っぽい香り。お客さんの香水とか、カクテルとか、いろんなものが混じり合ってて、あたしの頭をクラクラと酔わせてくる。

いい匂い。呼吸するたびに、あたしの中の絢の濃度が重さを増してゆく気がした。

手をシャツの中に潜り込ませる。おへその辺りから、腰回りをつつつと撫でる。

絢は嫌がるように首を振ってた。なのに、それでもされるがまま。

「だめだよ、鞠佳。すぐ隣は、バーなんだから……。いたずらなら、やめて」

なんて口では言っているけど。

触りたい、触られたいって欲が高まりすぎてて、このまま流されてもいいんじゃないかって思っちゃうんでしょ。あたしと一緒だから、わかるよ。

「絢ってさ……。普段って、いっつも自分でしてるの？」

「なに言ってるの、鞠佳……」

「どうせ、しょっちゅうなんでしょ。絢がえっちなことぐらい、知ってるし。それなのに、ずっとガマンしててつらかったよね？　触られるの、きもちいいでしょ」

絢が、あたしのいつになく強引な態度に、身をよじる。

「ヘンだよ、鞠佳。そんな、いいかた……」

……ヘンなのは自覚あるから、だいじょーぶ。

服の下に入れた手を動かす。

ブラをぐいっと持ち上げて、後ろから両胸を支えるみたいに掴む。

絢がきつく唇を結ぶ。刺激に耐えるために、身構えてるのだ。あたしは絢の反応を楽しむみたいに、下乳の部分をすりすりと指の腹で撫でこする。

「やめ、て、鞠佳……。なんでこんな、お外で……いつもの鞠佳は、こんなこと……」

熱いため息には、すっかりと気持ちよさのシロップが溶け込んでる。

「……確かに、いつものあたしらしく、ないかもね」

「うん……あとで、休みになったら、たっぷりと、しよ……？　私も、ガマンするのは、つらいけど……でも、約束だから、がんばるから……。だから、ここでは」

胸の先をきゅっとつまんだ。絢がとっさに口元を抑える。「んんっ」という大きな声が漏れて、絢は背を反らした。

「でもさ、絢。あたしが学校でやだやだって言ってるのに、やめてくれなかったよねえ」

「……し、しかえし？　だってあれは、もう、謝ったでしょ……？」

あたしは、絢のおっきなおっぱいを揺らしたり、撫でたり、それにこすったり、つまんだり。断続的な刺激をあげる。そのたびに、敏感になりすぎた絢は、言葉を途切れさせる。

自分勝手な愛撫《あいぶ》で、絢をもてあそぶ。いつもならぜったいしないし、したくもない。けど今だけはなぜか、もっと絢をいじめたい。

よくわからない。自分のことなのに。だけどあたしは、絢に対して、苛立《いらだ》ってるのかもしれない。ムカつくでもなく、怒るわけでもなく、イライラする気持ち。

——絢は、あたしのことだけ考えていればいいの。

言葉にすれば、きっとそんな、幼稚《ようち》でワガママなことを。今のあたしは、本気で絢にぶつけようとしてるのだった。

ああまた。もうひとつの胃袋がお腹をすかせて鳴る。

「ねえ、鞠佳、鞠佳……」

「……絢」

あたしの大好きな、絢。

片方の手を、タイトスカートの中へと忍《しの》び込ませる。絢が肩越しに振り向いてきた。

「だめ、それは」

お店の制服を脱がすわけでもなく、そのまま、ショーツの内側へと指を入れてゆく。やっぱり思ってた通り、指はひっかかりもなく、ぬるりと肉をかき分ける。

「それとも……シオリさんには、聞かれたくないの？」

「……え？」

戸惑う絢。あたしのそれはたぶん失言で、ごまかすみたいにイイところを指でぐりっと弾《はじ》いてみせる。

面白《おもしろ》いほどの反応。絢は体をくの字に折って、「んんんっ〜！」と一生懸命、声を出さないようにがんばってた。

「まりか……？」

「そっか、知らなかった。絢がいつもあたしにしてきたこと、こうやってやればいいんだ」

職場でこんなこと、ほんとばかだけど。

あたしの頭もすっかり、ばかになっちゃってる。

「久しぶりに触られるの、きもちいいねー？　絢……。自分で毎日してたこと、あたしが代わりにしてあげるよ。こう？　それとも、こういう感じ？」

「ま、まいにちだなんて……してなー―っ」

余計な反論しようとした絢の口から、嬌声《きょうせい》が漏れた。絢はロッカーに手を付いて、体を支えながら、喉《のど》をギュッと締《し》めて耐えてる。

「だめ、だめだから、まりか……。やめて……」

弱々しい手の抵抗。それこそ本気になれば、あたしが絢をどうにかできるはずないんだから、受け入れてくれてるのは一目瞭然なのに。それでも口ではダメって言っちゃうんだ。

ね、それ、他の誰よりも、あたしがいちばんよくわかってるからね。

もっとして、なんて言っちゃったら、終わった後にあたしのせいにできなくなっちゃうもんね、絢。ずるいんだからさ。

理不尽《りふじん》な苛立ちが、さらに募《つの》る。

前に絢を手錠で繋《つな》いで責めたとき、あたしはおっかなびっくりだった。どうしてほしいのかを探り探り、アタマでものを考えちゃってたから。

でも今は違う。とにかく絢に、あたしを刻みつけたい。強くしなきゃ、痕《あと》は残らないから。

あたしは無我夢中《むがむちゅう》で、指を動かし続けた。

張り詰めた二の腕が休憩を欲しがってるけど、ぜんぶ無視。足をがくがくとさせてる絢が、どうにかなっちゃうまでは、あたしだって止められない。

「ん、んっ、んん……！」

絢を抱きすくめて、その匂いと声と柔らかさと味と美しさを独り占めしながら、あたしは胸の中でうめく。

ふたりの関係とか過去とか、ぜんぜん知らないけど。

あんな風に、あたしの前で笑ったりとか、しないでよ。

あたしの見てるところで、仲良くしないで。

あたしのほうがぜったい、絢のこと好きだもん。

あたしのほうが、絢を気持ちよくして、みせるから。

「絢、好き、好き……好き、好きだよ、大好き……」

「……っ……んっ……んん……！」

限界が近づいてるのがわかる。あたしは絢のナカにもユビを突き入れて、ソトと一緒にその辺りをいじくり回す。身悶《もだ》える絢の激しさに火を焚べるように、もっと強く、もっと強引に。

獲物を追い立てるみたいに、ささやく。

「絢っ、ねえ、あや、ほら、イッてっ……バーで、あたしに絢の、かわいいところ、見せてよ、あやっ……！」

「〜〜〜〜〜〜〜〜っ！」

髪を振り乱す絢は、両手で口を押さえて、そして。

伸び切ったゴムがちぎれるみたいにパチンと弾けて、ひときわ激しく、びくっ、びくびくびく、びくっ……と体を痙攣《けいれん》させた。

背を反らした絢を抱きしめながら、微笑む。

「……きもちよかったね、絢」

ぎゅっぎゅと締め付けられてた指をゆっくりと抜いて、絢の体を自由にしてあげる。

すると、絢はずるずると、その場にへたり込んだ。

「〜〜……っ、……はぁ……はぁ……」

ぺたんと女の子座りをする絢。その体からは、きもちよさの残滓《ざんし》が湯気みたいに立ち上ってるような気がした。

浅く上下する乱れた髪と、頭頂部を見下ろしながら、あたしは。

もう一度、その背中に覆いかぶさった。

「どうして」

小さな絢の声。

「……なにが？」

絢にぴったりとくっつきながら、問い返す。

「ふだんの鞠佳なら、こんなこと、ぜったいしないのに」

肩越しに振り返る横顔。

絢の瞳《ひとみ》には、不安の色が浮かんでた。

「だれかに、わるいこと、習ったの？」

さあ、どうでしょうってはぐらかして、まるであたしが浮気《うわき》でもしてるみたいな口ぶりで、絢をもっと不安がらせることもできたけど、それは、なんか違う。

あたしは、絢のことが好きなだけだもん。

「習ったとしたら、それは、絢にだよ」

「……やっぱり、学校でのこと、まだ根にもってるんだ。そのために、私に禁欲だなんて、言ってたの？　私が、寂しいきもちになればいい、って……」

「違うよ」

脱ぎかけだった絢のワイシャツのボタンを、外してゆく。絢はもう、抵抗しなかった。

「じゃあ、どうして」

「それは……」

途端にあたしは、言葉に詰まった。

絢とシオリさんがベタベタしてたのに、嫉妬《しっと》したから……なんだけど……。

ホールとドアひとつ挟んだ更衣室で、絢を押し倒すことはできても、その一言がなかなか口には出せない。

ていうか絢こそ、自分で気づけよ、って話じゃん。

あたしのことだったら、なんでもすぐに察してくれる絢でしょ。それなのに、今回だけ。自分とシオリさんはそういうんじゃないから、あたしは気にしないとでも思ってるわけ？

あんな、目の前でベタベタしてさ……。別に、アスタの言うことなんて信じちゃいないけど、それでも、あんな露骨《ろこつ》な態度見せられて、黙ってらんない。絢のこと、大切だから。

だめだ、また……収まったと思ったのに。

「や、鞠佳……手、うごかしちゃ……」

シャツをはだけさせて、胸をつまむ。絢は悩ましげに眉を寄せる。

「ねえ、さすがにもう、やめて。学校のことは謝るから……鞠佳のこと、好きだけど……でも、こういうのは。お店は私にとって、大切で……」

「嫌いになっちゃう？　あたしのこと」

「それは……ならない、けど……」

「絢は優しいね」

「……好きか、嫌いかってだけじゃなくて、好きだけど、してほしくないこととか、踏み込んでほしくない場所とか、そういうのは、あるよ……」

それは……。

あたしは思わず、手を止めた。

絢がうつむく。

「鞠佳がしてくれるのは、うれしいよ。すごく、しあわせ。だけど……。大好きなのに、鞠佳がしたいようにさせてあげられなくて、ごめんね……」

まるで、申し訳ないことをしでかしたみたいに、言うから。

むかつく。

「なんで、絢が謝るの」

「……これは、私の、ワガママだから。だって、せっかく鞠佳と付き合えているのに、アレはいい、コレはだめ、なんて、選《え》り好みしちゃってて……。鞠佳がしたい気分になったら、私はいつでも大丈夫だよってずっと、思ってたのに……ごめん」

「なにそれ」

再三謝る絢に、イライラが強くなった。

だけどそれは、絢とシオリさんの関係についてじゃない。

「そんな、ＤＶな恋人と付き合ってる子みたいなこと、言わないでよ」

本気の苛立ちの声が漏れた。

「鞠佳……？」

「絢は、あたしと付き合うためにあたしと付き合ってるんじゃなくて、あたしのことが好きだから、あたしと付き合ってるんでしょ？　だったらなんでそんな、最初からガマン前提の話をしてるの？　あたしは、絢のこと幸せにしたいって思ってるのに」

床にぺたんと座り込んだ絢は、きょとんと問いかけてくる。

「……でも、鞠佳のほうからこういうこと、してきたのに」

「それはそうなんだけど！」

なんで鞠佳が怒るの？　の目に、あたしは自分でもわけのわからないことを言う。

「あたしはわざと絢を傷つけるみたいにしたんだから、ちゃんとあたしにムカついてよ！　そうやって、なんでも自分が悪いって思われるの、すごいやだ！」

「……我慢《がまん》できなくなったから襲ってきたのもあるのかな、って思ってた」

「禁欲程度でそんなにならないよ！」

「でも鞠佳は、えっちだから……」

「あたしにされて動けなくなっちゃってる絢に、言われたくないんですけど！」

胸を揉むと、絢が「だめ、だめ」と手を重ねてきた。

「だ、だからさ」

絢の目を見つめる。

「あたしのしたいことぜんぶさせてあげようだなんて、そんなのムリだし、ありえない。絢には絢の生活があって、守りたいものがあって、そういうのもお互い尊重していけるのが、理想的なカップルって感じじゃん……」

理想はあくまでも理想だから、今回みたいなことをしちゃうわけだけど……！　ぜんぜん行動が伴ってないんだけど！　心が弱いから！

そういうタイミングじゃなかったかもだけど、あたしは絢にキスをした。

絢はまだ、話がよくわかってないって顔をして。

「……私も、鞠佳にそうしたいとは、思ってるよ」

「だったらあたしだって、思ってるの！」

「でも……」

また目を伏せる絢。

「ぜんぶを捧《ささ》げたいとも思うし、鞠佳にぜんぶを捧げてほしいとも、思っている、から」

「そ、それは……」

今のあたしは、絢の言葉を『極端な愛』って笑い飛ばすことが、できない。

だって現に、その気持ちが膨《ふく》らんだから、こうして更衣室で絢を傷つけようとしたわけだし。

「…………それこそ、あたしも、だよ」

「え？」

「絢の気持ちの割合が何対何なのかはわからないけど！　あたしだって、絢にそう思うこと、あるよ！　そりゃそうじゃん、独り占めしたいぐらい大好きになっちゃったんだから！」

ああ、これはかっこ悪い。絢が恥ずかしがる気持ちもよくわかる。

だって、あなたがいなければあたしは生きていけません、って弱さを告白してるようなものじゃん。重すぎる！

「でも現実問題、あたしたちは人間社会で生きていかなきゃいけないし、めんどくさいことしたり、いやだなーって思う人とも顔を合わせていかなきゃいけないんだから！　ぜんぶ受け入れようとする前に、まず話してください！　相互理解を深めていこう！」

一気にまくしたてると、絢は目をぱちくりさせる。

それからふっと微笑みを浮かべた。

「私がガマンしてもいいって思っているのは、鞠佳のことだけだよ」

「そ、それでも……あたしは、ガマンはしてほしくない。いや、一方的にそう言うのもなんか、押し付けがましいっていうか……ガマンしてもらうしかないものもあるので……」

「でも、そうなると、鞠佳はやっぱり、どうしてこんなことをしたの」

いよいよ逃げられそうにない。

もういい、わかった。

極限の恥ずかしさを耐え忍びながらも、あたしは破れかぶれで告げる。

「絢とシオリさんが、仲良くしてたから……それで、ふたりに妬《や》いちゃって……！」

くっ……絢の顔が見れない……。

どうせなんもかんもあたしの勘違いで、絢は余裕たっぷりに笑ってて、あたしがひとりでジタバタしてたことが判明するんだろうけれど！

そう思って絢を見やる。

「あ」

すると絢はうつむいていて。

その顔が真っ赤《まか》になっていた。

「それは、えと…………」

……んえ？

なに、その反応は。

いや、え？　まさか、うそでしょ？

「絢、まさかほんとに」

「あの、そうじゃなくて」

「だって、だったらなんでそんな、なんで！」

思わず声を荒らげてしまう。絢を振り向かせて、問い詰める。

「シオリさんのことが、好きなの⁉」

「違うの、あの、ちがくて」

絢はかぶりを振った。

「みっともないところを見せて、恥ずかしいの」

「なに、それ、どういう意味……」

あたしは頭に血が上って、絢はすごく動揺してて。

だからきっと、そんな言葉がこぼれてきたのだろう。

「つりあわない人だから……私、には」

「……なに、それ」

釣り合う釣り合わないって、え？　そんな話？

ちょっと待ってよ、だったらさ――。

言い返せば、絢をもっと追い詰めるってことはわかってたのに、あたしは強い衝動に突き動かされたまま、刺々《とげとげ》しい感情をぶつけてしまった。

シオリさんがすごい人なのは、少し話しただけでもわかるよ。わかるけど、でも！

「なら、絢は、あたしならいけると思って、あたしにちょっかい出してきたわけ⁉　シオリさんはムリだから、あたしならって、妥協して……！」

驚いた絢の目があたしを見返す。

「ちが」

言葉にならない、絢の声。あたしはぐっと口元に力を入れて、もしかしたらこのまま、大きなケンカにまで発展してしまいそうな段階で。


バン、と更衣室のドアが開いた。


「ただいま、ふたりともまだいる⁉　元気してたー⁉」

あたしたちは、振り返る。

そこにいたのは。

『あ』

ちょこんと更衣室を覗《のぞ》き込んでくるシオリさんと、そして、一日早く南の島から帰ってきたらしき、可憐さんだった。

更衣室に乱入してきた可憐《かれん》さんは、ひと目であたしたちがただならぬ雰囲気《ふんいき》ということを察知したみたいで、中に入ってくるなり、すぐさまバタンとドアを閉《し》める。入れてもらえなかったシオリさんがドアの向こうで「ああっ」と声を漏《も》らしてた。

放心してた絢《あや》が、我に返って、そそくさとワイシャツのボタンを留める。あたしはなにも言えないままだった。

可憐さんは再度繰り返した。

「ただいま！　元気してた？」

ニコニコと明るい笑みを浮かべてる。鬼のメンタルであった。

感情が置いてけぼりにされた状態のままでも、あたしの口はオートメーションで稼働する。

「あ、あの、えと……帰ってくるの、早かったですね」

「本来は十日間の予定だったんだけど、お店のことが心配になってきちゃって。もうすっかり楽しんだし、お互いそろそろ仕事しよっかってことで、さっき帰国したのよ」

「そうでしたか……おかえりなさい……」

「……」

服装を整えた絢は、まだ黙ってうつむいてる。

あたしが可憐さんの立場だったらぜったい耐《た》えられないような沈黙にも、可憐さんは苦笑《にがわら》いを浮かべながら余裕げに踏み込んできた。

「触れないのも不自然だから聞いちゃうけど、ケンカしてたのかな?」

「それは……」

「……」

無言で、視線を交わす。

絢の今にも押し潰《つぶ》されそうな表情に、あたしの胸にもカッターで切り付けられたような痛みが走った。

自分で傷つけておいて、絢のことを可哀想《かわいそう》だって思う資格、ないかもだけど……。でも、だってあんな言い方をされたら、あたし……。

苦しい。なにも言えずうつむくと、可憐さんが「わかったわかった」と間に入ってきた。

「ふたりとも、ちょっと待ってて。ねえシオリ、きょう帰りにアヤちゃんを送っていってもらえる? 明日祝日だから、シオリも休みよね?」

「えっ……可憐さん……?」

更衣室のドアを少し開いて、話が勝手に進んでゆく。

これはそもそも絢とシオリさんが怪しいってところから始まった話なのに、そんな！

「代わりに、鞠佳《まりか》ちゃんはわたしが送ってあげるから、ね？」

「えぇぇ……」

今度は絢が嫌《いや》そうに声をあげた。

お互い顔をしかめてると、可憐さんが笑顔のまま首を横に振った。

「だーめ。更衣室で致しちゃうような子たちは、わたしの言うこと聞きなさい。ね？」

うっ…………。ここでそのカードを切ってくるとは……。

それを言われたら、確かに弱い、けども……。

「鞠佳」

そのとき、絢がようやくあたしの名前を呼んだ。

言うべき言葉を探し当てたかのように、それでも不安げに瞳《ひとみ》を揺らしながら。

「……なに？」

疲労感を覚えて、冷たい声が出てしまった。その言葉にも、絢はあからさまにうろたえて、だけど、唇を開く。

「私は」

絢は平然のヴェールをまとって、しかしそれは、あたしの目からは向こう側が容易に透けて見えるほどに薄い生地《きじ》でできてた。

「……鞠佳にも、自分がつりあわないって、ずっと、思っていたよ」

「──」

その直後からあたしは、分厚い自己嫌悪《じこけんお》の檻《おり》に閉じ込められたのだった。


「ああああああああああ…………」

口から地獄のようなうめき声が漏れる。

可憐さんが運転する赤い軽自動車の助手席。あたしは頭を抱えてた。今世紀最大の、嵐《あらし》のような自己嫌悪に見舞われながら。

「あんなことを言わせるつもりじゃ！　あんなことを言ってほしいわけじゃなかったのに！」

だけど、なにもかも、もう遅い。

絢は深く傷ついた。まんまと、絢を傷つけようとするあたしの意思の通りに。

「ああああああああああああああ…………」

「難儀なお年頃《としごろ》ねえ」

可憐さんは笑ってた。よくこの状況で笑えますね⁉　と叫《さけ》びたいけれど、それもできない。

ていうかもっと、あたしのことを嘲笑《ちょうしょう》してほしい。こんなにも愚《おろ》かなあたしのことを。

それが叶《かな》わないのなら……。

あたしはゆっくりと顔をあげる。

「可憐さん……」

「なーに？」

「抱いてください……」

「えっ⁉」

　車の走行が急に乱れた。しかしあたしの凍りついた心は、ぴくりとも動じない。ただ求刑を訴えるように、言葉を続ける。

「どうかあたしに罰を与えてください……」

「ちょ、ちょっと、ヘンなこと言わないの。焦《あせ》っちゃったじゃない。だめよ、そういうことを言ってわたしを誘惑してこようとするのは。傷心中の女子高生なんて、いちばんだめなんだからね！」

「うう……はい……」

　強めに叱《しか》られて、あたしは再びうなだれた。うう、可憐さんまで困《こま》らせちゃって、あたしはどうしようもないやつなんだ……。

「鞠佳ちゃんがそんなに凹《へこ》んでるところ見るの、初めてだわ」

「そうでしたっけ……。でも、今回はあたしが百パーセント悪すぎるので……」

　少しの間があって、可憐さんが明るい声を出した。

「ねえ、鞠佳ちゃん。よかったらきょう、うちに泊まっていかない？」

「えっ⁉」

可憐さんが微笑《ほほえ》みかけてくる。

さっき罰を与えてくれと言ったのはあたしなのに、焦って問う。

「そ、それはどういう意味ですか、あの」

「ああ、ヘンな意味じゃないの。ほら、アヤちゃんとケンカしてたみたいだから、わたしだったら話聞くよ、ってそれだけ。鞠佳ちゃんの力になりたいの」

「はあ……」

あたしは少し考えて。

どうせこのまま家に帰っても、ベッドに横になって眠れずに、朝までスマホの画面を見てるだけのアザラシみたいになりそうなので、うなずいた。

「わかりました。とりあえずおうちに連絡してからですけど……」

「ええ、もちろん。ありがとね、鞠佳ちゃん。お店を手伝ってもらったお礼も、したいしね」

「お、お礼……」

キャラがキャラなので、真っ先に『身体《からだ》でね♡』とか思いついちゃうけど、あたしは頭を振った。可憐さんの本気のテクがどれぐらい気持ちいいのかは、確かにちょっとは興味あるも……いやいやいや！

「う、浮気《うわき》はしませんからね⁉　あたしは！」

大真面目《まじめ》にそう告《つ》げると、可憐さんは少しの間きょとんとしてから、すぐに声をあげて笑った。くっ、なんだこれ……めちゃめちゃ恥《は》ずかしい……！


可憐さんのマンション。その外観は、普通のどこにでもあるマンションだった。

「おじゃましまーす……」

お部屋に入ってみても、やっぱりなんの変哲もない、ひとり暮らしの女性のおうちって感じ。可憐さんのことだから、それこそ高層マンションの最上階に住んでるような、すごい暮らしをしてるものだとばかり。

「案外、ふつう？」

キャリーバッグを引きずりながら、可憐さんがリビングへのドアを開く。

「あ、いえ」

「バーのオーナーっていってもね、お金が入るたびに全部バーの方に回しちゃうから。いつまで経《た》っても生活が楽にならないのよねえ。いちばんお金持ちだったの、学生の頃だもの」

学生の頃っていうのはつまり、その、いろんな作品に出てた時期だろう。

「え、お店、大丈夫《だいじょうぶ》なんですか？」

聞いてから、あたしはしまったと思った。でも、あんなにお客さんが入ってるのに……。

「まあ、なんとかやれてるわ。かわいい子たちにお給料を払えるぐらいにはね。ちなみに借金だってちゃんと完済してあるもの」

「おお……すごいです」

実際、どれぐらいすごいことなのかはわからなかったが、とりあえず声をあげてみた。

「というわけでね、適当にくつろいでいてね」

「はい、ありがとうございます」

白いソファーに浅くちょこんと腰かける。リビングの隣にあるのは、寝室のドアみたい。

1LDKってやつなのかな。リビングはホームパーティーが開けそうなぐらい、広々としてる。内装も白でまとめられてて、清潔感があった。

あんまり自宅に帰ってきてないのかわからないけれど、生活感みたいなものが薄い。ただ、キッチンスペースに大量に並べられたお酒の瓶《びん》が、職業っぽさある。シェイカーとかグラスもたくさんあったりして、ああ、可憐さんのおうちなんだな、って思えてきた。

そうか、可憐さんち……。なんか、自分がかなりやばいことをしてるような気分になってきた。いくら女同士とはいえ、気軽におうちにあがるべきではなかったのでは？

いや、まあいいか……。絢はさんざん可憐さんのことをあーだこーだ言ってるけど、でもぶっちゃけ、あたしは可憐さんのやばいところ一度も見たことないし。いや一度見たらその時点でおしまいなのかもしれないけど……でも、可憐さんへの信頼度はかなり高い。

未成年《アスタ》と関係を持った人が良識のある大人なのかどうかは置いといて……可憐さんは、嫌がる人をムリヤリ襲ったりはしないと思う。そういう意味じゃ、むしろ絢よりマトモなのでは？

「ちょっと洗濯物とか片付けてくるね。待っている間、ＤＶＤとか見てる？」

「いえ、お構《かま》いなく……」

視線を向けた先。棚には、可憐さんが出演したらしい歴代の作品が収まってた。

「見るわけないじゃないですか！　なに考えてるんですか⁉」

「でも、ＲＯＭもらっているから、無修正だよ？」

「なにが『でも』なんですか⁉」

ここでしか見られないからお得とか、そういうこと？　まじでお構いなく、だよ。

可憐さんは笑って、バッグを引っ張っていった。まったく……。

ひとりになって、あたしはスマホの待ち受けを見る。それは、絢と一緒に撮った写真だ。

学校で誰《だれ》かに見られてもいいように、偽装のピースサイン。手だけが映《うつ》った、いかにも友達っぽい雰囲気のやつだけど、絢の指はあたしより長いからすぐわかる。

やば、またなんかこみ上げてきた。

胸がぎゅっと締め付けられる感覚が、息苦しい。あんなに絢のこと大好きなのに、なんで傷つけたくなっちゃうんだろう。後悔するぐらいなら最初からやらなければいいのに……。

可憐さんがリビングに顔を出した。

「そだ、鞠佳ちゃん。お湯張っているから、先にお風呂《ふろ》入ってきちゃって。わたしはもうちょっとこっちを片付けておくから」

スマホから顔をあげる。

「え、お、お風呂ですか?」

「うん、体さっぱりしたいでしょ? いってらっしゃい。シャンプーとリンスはたくさんあるけど、好きなのを使っていいから。バスタオルとパジャマは出しておくね」

「わかり、ました」

なんだか抵抗するのも面倒になって、あたしはお風呂場へと向かう。

浴室はあちこち綺麗《きれい》にしてあるけど、そういうのとは無関係な居心地《いごこち》の悪さを感じながら、服を脱ぐ。いや、でも、お世話になってる店長さんにお風呂を借りるぐらいは、普通なのかな……? 同性だし、よくあることのような気がしてきた。

ええい! 今さら躊躇《ちゅうちょ》してても仕方ない!

あたしは浴室のドアを開く。シャワーを浴びてから、バスタブに浸《つ》かって足を伸ばす。

「はぁ……」

体がポカポカと温まっていく。そうしてると、ようやく気持ちが落ち着いてきた。

ざっと体と髪を洗う。可憐さんの言った通り、シャンプーリンスは3セットもあった。どれも外国製で、あたしの知らないメーカー。特別に香りがいいものをひとつ選んで、試してみた。

明日になって、知らない女の匂《にお》いだ、って絢に突っ込まれたら嫌だな、なんて思いつつ。

さすがに長湯するわけにはいかず、二十分も経たずにあがった。

可憐さんが用意してくれたパジャマに袖《そで》を通す……なのだが……。

「なんですか、これ……」

「わ、鞠佳ちゃんかわいいかわいい。すっごい似合う！」

用意されてたのは、すっぽりと体を覆《おお》う、イヌの着ぐるみパジャマだった。

「ごめんねえ、それしかなくて」

「そんなことあります？」

「他のパジャマってほら、わたしのサイズしかなくって。鞠佳ちゃんにはちょっと小さいから、七分丈とかになっちゃうもの」

「ぜんぜんいいんですけどそれでも！」

くっ、あたしは静かな抗議としてフードをかぶる。これですっかり柴犬だ。暖かい……。

しかし、お泊まりする気はなかったから、化粧水とかなんにも持ってきてないな……。と思ったら、可憐さんが「はいどうぞ」と一式にドライヤーを置いてってくれた。

さすが、人を泊めることに慣れてる……。ドライヤーも美容院で使うようないいやつ。どんどん、居心地がよくなってきてしまう！

お風呂に入ると他人の家でも妙に気持ちがくつろいでくる。ある程度髪を乾かして、柴犬《あたし》はリビングに戻ってきた。

人が増えてた。

「お風呂、いただきました——……って、なんで⁉」

トワさんと、ナナさんだった。

「えっ、ちょっとなにその格好、マリカちゃん！　ええー？　かわいすぎなんだけど！　お手とかしちゃう？　ねえねえ！」

「するかっ」

トワさんが突き出してきた手をぺちっと払いのける。

すると、パンクなファッションをしたナナさんが、床に脚《あし》を伸ばして座りながら。

「オーナーに召集されてな。明日は仕事が休みだったから、まあいいかと」

「モモちゃんだけ既読つかなかったんだよねー。モモちゃん、夜早いから」

また赤ちゃんみたいな扱いされてる、モモちゃんセンパイ……。

おいでおいでと隣の床を叩《たた》くトワさんの反対側、ナナさんの近くに座る。ちぇって顔をされたけど、そりゃそうだよ。

可憐さんがトレイにグラスをふたつ乗せて、戻ってきた。

「鞠佳ちゃん、オレンジジュースでいいよね」

「あ、はい、ありがとうございます」

バーでもよく頼んでるから、可憐さんには好みを覚えられてるみたいだ。

可憐さんはロックグラスに氷を浮かべて、そこにオレンジジュースを注《そそ》いでくれた。普段の飲み物も、こうするとどこか大人の雰囲気が漂ってる。

当然、可憐さんとトワさん、それにナナさんの手元にはお酒。

「それじゃ、乾杯しましょうか」

「っていうかその前に……なんでこのふたりまでいるんですか？」

「賑《にぎ》やかなほうが楽しいでしょ？」

悪びれず言う可憐さんに、あたしは眉根《まゆね》を寄せる。

「時と場合によりますけど……」

今はあたしが絢への罪悪感を持て余して、落ち込んでるってシチュエーションなのに……。

「確かに、そうだな。トワは帰った方がいいんじゃないか？」

「やーだよ。オーナーの家での飲み会、ひっさびさだもーん」

トワさんはソファーにダイブした。クッションを抱えて、自分がこの部屋の主であるかのようににやにやと笑ってる。つまりこれは……やっぱり、あたしが帰ったほうがいちばん早いんじゃないか？

「さ、さ、カンパーイ」

可憐さんがグラスを掲《かか》げた。ぐっ……。

「はい、可憐さんおかえりなさーい……」

乾杯、と声を揃《そろ》える。こうして大人だらけの飲み会に、あたしひとりが未成年として放り込まれたのだった。なんだろう、可憐さんとふたりきりよりも危険度が上がった気がする！

あたしはカーペットの上に座り、右隣にナナさん。左隣が可憐さんで、正面のソファーにトワさんだ。最初はしばらく、可憐さんの土産話《みやげばなし》を聞いてた。

「それで、どうでした？　可憐さん。南の島は」

「とーってもよかったわぁ……」

パジャマに着替えて化粧を落とした可憐さんは、普段よりもちょっぴり童顔ぽくて、歳《とし》はずいぶん離れてるのにまるで部活のかわいい先輩みたいだった。

可憐さんが頬《ほお》に手を当てて、噛《か》みしめるみたいに言う。

「毎日ホテルでだらだらして、気が向いたら海に泳ぎに行って、スキューバしたり、パラセーリングしたりね。もう永遠にここに住もうかなって思ったわ」

「帰ってきてもらわないと、みんな困っちゃいますけどね」

「でも見て見て、ほら、毎日気を付けたのに、どうしたって日焼けしちゃって」

すると、可憐さんがその長い脚を突き出してきた。裾《すそ》をめくって、生脚を晒《さら》す。学生みたいに細いだけじゃない。どこかむちっとしてハリのあるきれいな足だ。

「ね、ここからだけ焼けちゃってて、格好悪いんだから。はぁ」

「あはは……」

トワさんがすかさず突っ込んでくる。

「オーナー、あんまり見せると、未成年の目に毒ですよー」

「な、ないですから、そんなの！」

「へー、ふーん」

すすすとトワさんが自分のロングスカートの裾を少しずつめくっていく。あたしはそれを、白々しい視線で見つめた。

「ないですからね、ほんとに」

「どうしよう、なーちゃん。この子、もしかしてストレートかも……!?」

「心からどうでもいい」

みんなが一杯目のお酒を空けたところで、あたしの話題に移った。移ってしまった。

「というわけで、アヤちゃんとのことなんだけど」

「うぐ……」

可憐さんにはお話しするって言っちゃったもんな……。

お酒を作るのは交代制らしく、今はトワさんがキッチンのほうでシェイカーを振ってる。

トワさんのいない間に、話をしちゃうか……。

「実は……」

あたしはぽつぽつと語り出す。

可憐さんもナナさんも、最後まで茶化《ちゃか》さず聞いてくれた。

バーでのお仕事は楽しかったこと。絢のいろんな面《めん》が見れて、嬉《うれ》しかったこと。

だけど、いつもと違う絢の態度に嫉妬《しっと》したあたしが、シオリさんとの関係を邪推し、ひたすら絢に迷惑をかけてしまった……ということ。

言葉にしてみれば簡単な、本当にそれだけの話。

だからこそ、自分の情けなさが身にしみる。

「けどあんな、釣り合うとか、釣り合わないとか……」

あたしは膝《ひざ》の上に置いた手の甲《こう》を、じっと見つめる。

「絢ってなんか、ときどきそういうこと、あー本気で言ってるなーって思うんです。急に自信がなくなったり、あたしとは住む世界が違うんだって話をしたり……。あたしはそういうときの絢、あんま好きじゃなくて……。それで、わーっとなっちゃって」

ここ最近は、特に多かった気がする。バーでのお仕事で、あたしが急に上手《じょうず》にやっちゃったからってのも、あると思う。絢はそれで少し、自信を失ってたみたいだったし。

「だからって、いつでも自信満々でいてよ、っていうのも、あたしのわがままですし……」

絢にだって落ち込んだりする権利ぐらい、ある。

自分の不満に思ってる部分をぜんぶ恋人にぶつけて、そして改善してもらおうとするのは、さすがにエゴがすごいと思うし。だからって、そんなこと考えてたらもうなにも言えなくなっちゃうし！

「あああ…………」

あたしは再度、頭を抱えた。

恋人のために自分が変わりたいと願うのは自由だし、絢だってあたしのためにそうしてくれるって言ってたけど、じゃあ早く変わってよってこっち側が言うのは、そんなん、そんなん嫌なやつすぎる！

「苦悶《くもん》してますねえ、マリカちゃん」

いつの間にか、部屋にはアゲハさんが増えてた。もう驚いてやらないぞ。

フードをかぶった頭を撫《な》でられて、あたしはアゲハさんに泣きつく。

「ううっ、アゲハさんー！　あたし面倒な女になりたくないんですよー！　アスタみたいにいつでもニコニコ笑って、なにも言わずみんなを照らす太陽みたいな女になりたい……」

「よしよし、よしよし」

そこでトワさんがトレイにグラスを四つ乗せて、新たなお酒を持ってきた。

「面倒な女にならない方法を教えてあげようか、マリカちゃん」

「どうせろくでもないと思いますけど……はい」

「なーちゃんみたいになることだよ」

指をさされて、グラスを受け取ったナナさんが、不快そうな顔をした。

「なんで僕」

「世の中のすべてに感度を低くするの。あらゆるものに無関心になれば、執着しないんだから、面倒とは無縁ってわけ。ただ来る者を受け入れるだけの生き方」

「そんなのぜったい嫌なんですけど……なんのために生きてるのか、わかんない……野生のゾンビみたいになっちゃう……」

「おい」

ナナさんが低い声を出して、胸元《むなもと》から電子たばこを取り出した。「うちは禁煙」と、可憐さんに取り上げられる。

あたしは両側から——トワさんとアゲハさんに——抱きしめられた。

「だったらもう、しょうがないよねー。生きてるってことは、欲望を垂れ流すってことなんだから。むしろね、そのめんどくささが生きてるって証拠なんだよ」

「そうですよ、マリカちゃん。どこにも完璧《かんぺき》な人間なんていないんですから、その面倒なところだってマリカちゃんの個性なんじゃないですか」

きれいなお姉さん方にあまり優しくされると、なぜか自分で自分を否定したくなってくる。

「面倒な人間が好きなやつなんて、いませんよね!?」

常識的な叫びだと思ったのに、しかし賛同の声があがらなかった。なぜ⁉

トワさんが真顔で言う。

「私は女の子は面倒であれば面倒であるほど好きだよ。もっともっとこじらせてほしい」

「まあ、トワさんは例外として……」

「んー、でも私も、めんどくさい人好きだなあ。心がささくれ立ってたり、余裕がない様子を見ちゃうと、癒《い》やしてあげたい、って思いますもん」

またアゲハさんに頭を撫でられた。あたしのこと喋《しゃべ》る柴犬だと思ってるんじゃないよな？

顔の赤らんだ可憐さんが、グラスを軽く頬にくっつけながら口を開く。

「面倒の方向性にもよるわねえ。拗ねたり、妬《や》いたりぐらいだったら、かわいいものだけど、あんまり凝《こ》り固まっちゃうとねえ」

うっ。

「面倒なやつは、百害あって一利なしだ」

ううっ。ナナさんにトドメを刺されて、あたしは胸を押さえた。否定してほしかったのに、いざ否定されると心が痛い。なんて面倒な女だ！

「なーちゃんはほんと人の心なーい」

「ナナさん、お酒入るといつもよりやさぐれますよねえ」

「なんなんだ本当に」

可憐さんに優しく肩をさすられた。

「だから、いいのよ、鞠佳ちゃんはそのままで。こういう言い方をすると嫌がられちゃうかもしれないけれど、その年で、初めての恋人で、いろんなことを悩んじゃうのは当たり前なんだから。ね？」

可憐さんの宅飲み会で、その場にいるみんなは、お酒が回り始めてる。可憐さんはかわいらしく頬を染めてるし、ナナさんはいつもより目つきが鋭い。トワさんはたまにあくびをかみ殺して、アゲハさんとおててを繋《つな》いでた。アゲハさんだけ、いつも通りのまんま、だけど。

なんとなく桃色の空気が漂って、倫理のタガが緩《ゆる》んでるような気配だったからか、あたしはとんでもないことを白状してしまった。

「いや、ぜったい当たり前じゃないです、だって……」

それは。

「だってあたし……」

「だって？」


可憐さんに突っ込まれて、叫んでしまう。

「ローター買ったら浮気だから使っちゃだめって絢に言われて！　それで意味わかんなすぎてムカついて、だったらあんたも自分でするの二度と禁止だからね！　って言っちゃうぐらい、心が狭い女ですし！」

――そう暴露した、直後。

シーンとした空気の中。

あたしは玄関のほうに、ぽつんと立つ人影を目撃した。

「えと、あの」

可憐さんのバーの人たちが招集されたんだから、予想してしかるべきだったのに。

絢が立ってた。

ものすご～～く、恥ずかしそうに。

「……あれについては、その、ごめんね、鞠佳。ローターはちゃんと、家で処分したから。また今度、新しいの買ってあげるね……」

「もう最悪なんだけど！」

あたしはそれこそ、泣きそうになりながら顔を押さえたのだった。

絢を連れてきたのは、シオリさんだった。帰り道の途中で、可憐さんからのグループメッセージに気づいて、こっちにやってきたらしい。

こうして可憐さん家のリビングに、七人の女がひしめくことになった。

多い……！

なので、べろんべろんになったトワさんを引っ張って、アゲハさんとナナさんがダイニングのほうに行った。

リビングのテーブルを囲むのは、あたしと絢、それに可憐さんとシオリさん。

さっき別れたばかりなのだ。気まずいことこの上ない。

でもそれは、絢も一緒みたいで、ずっともじもじしてる。

「……鞠佳」

「はっ、はい」

あたしは、正座する。なんて言われても、仕方ない。でも言われたくはない。でもでも受け止めなきゃいけない。もう泣きそう。

「……その着ぐるみパジャマ、かわいいね」

「みんな言うじゃん！」

思わず脱力してしまいそうになる。いくらなんでも、会話のきっかけとして弱すぎる！

だったら、あたしが口火を切るしかない……。真面目な顔で、せめてかぶってた犬耳のフードを取る。

「あのね、絢、ごめん！」

「え……？」

罪悪感で胸がいっぱいだったあたしは、もう自分からわーっと気持ちをぶつけてしまうことにした。大好きな絢をこれ以上傷つけたままでいるなんて、ありえないから！

「あたしね、絢とシオリさんが仲良かったことに、妬いちゃって……それで、わざと絢を傷つけちゃったの……。ほんと、最低の恋人だよね……」

「……鞠佳」

「嫌な思いをさせちゃったよね……。それを、ちゃんと謝りたくって。だから、ごめん！」

絢が目尻《めじり》を下げて、悲しそうな顔をする。

「私のほうこそ、ごめん。鞠佳がそんなふうに思っていたの、ぜんぜん気づかなくて……もっとちゃんと、私が配慮すればよかった。やきもきさせて、ごめん、だめな恋人で、ごめん」

「だ」

あたしは声を荒らげた。

「だめじゃないし！　ぜんぜん！　絢は最高のカノジョだよ！　間違いないからね！」

テーブルに手をついて体を乗り出したところで、横から手が伸びてきた。

「まあまあ、まあまあ、ふたりとも」

可憐さんだ。

「いったん落ち着いて、ほら、ちょっと女子トーク、しましょうか」

「それは」

口を挟まれると、否応《いやおう》なく人の目を意識してしまう。シオリさんにも見られてるから、みっともないことはしたくないという、なんか、対抗心的なものも、わいてきちゃったりして。

ダイニングのほうから、酔っ払いの声がする。

「大丈夫よ～、マリカちゃん～。ローター見つかっちゃったぐらい。私なんてこないだ弁護士さんから内容証明郵便が届いちゃって～」

トワさんの言葉に、あっちのテーブルは盛り上がってた。こっちのテーブルは全員でスルーした。

「付き合いたての頃って、相手のやることなすことが、なんでも嬉しいのよねぇ」

可憐さんが頬に手を当てて、口ずさむように言う。

「そんな、目に見えることが嬉しい時期が少し経つとね、今度は目に見えないことも嬉しくなってくるの。相手の想《おも》いを隅々《すみずみ》まで感じ取って、ああ、自分は幸せなんだな、愛されているんだな、ってね。きっといちばん楽しい時期なんだわ」

あたしは膝を抱えて、可憐さんの話を聞く。

「その楽しい時期は、ずっと続いたりはしないんですか？」

「そうね、残念ながら。もしかしたら続く人もいるのかもしれないけど、たいていの場合はね、次の段階にいっちゃうの。相手の目に見えないところが、不安になっちゃう時期ね」

「……」

それはたぶん、あたしのことだ。

「相手のことで頭がいっぱいなら、余計なことを考える隙間《すきま》はないんだけどね。でも、少しずつ相手にも、そんな相手と付き合う自分にも慣れていって、心に余裕が生まれてくるの。人間ってうまくいっているときには、悪いことを考える生き物なのよね。どうしてか知ってる？」

「いえ」

「ほら、もともと人間って狩猟生活をしてきたでしょ？　だから、常に次のことを考えないと、生き延びられなかったのよ。きょうお腹《なか》いっぱいになって、それで満足していたら、だめじゃない？　だからねえ、仕方ない話なんだけどねえ」

絢をちらりと見やる。可憐さんの話をじっと聞いてるみたいだった。

「じゃああたしが今、あれこれと不安になってるのって、絢との関係がうまくいってるから、ってことですか？」

「きっとね。でもそれって、悪いことじゃないの。むしろ必要なことで、誰にだって訪れることなのよ。乳歯が永久歯に生え変わるみたいに」

「マリカちゃん」

成り行きを見守ってたシオリさんが、優しく声をかけてくる。

「私が言うのもちょっとヘンかもだけど、アヤちゃんが自分から勇気を出して行動した相手は、マリカちゃんなんだよ。引っ込み思案なアヤちゃんが、マリカちゃんのためなら、びっくりするぐらいの行動力を見せるんだから」

「……」

それは、知ってる。

てか、恋人のあたしは、そんな絢しか知らない。普段の絢がどうとか、わからない。

「私はふたりのこと、応援してるよ」

そう言われて、絢は複雑そうな顔をしてた。

……まるで、自分が片思いしてた人にフラれたみたいな。

「やっぱり、言うね、鞠佳」

絢はしっかりと顔をあげて、口元を引き締めた。

「……絢」

なにかを覚悟したかのような恋人の目に、あたしは不安を覚えた。

はっきりとした答えをもらうのは、恐ろしい。

相手が浮気した際、完璧に隠し通してもらうならそれでもいいよね、って意見が一定数ある。どんなに嘘《うそ》をつかれても、それがバレなければ真実と一緒だから。

ただ、これの厄介《やっかい》なところは、一度でも察してしまったらもう、以前と同じようには振る舞えないところ。疑念の芽を枯らすような除草剤が発売されるのを、待つしかない……。

けど、絢はあたしの内心をよそに、告げてきた。

「鞠佳、私ね」

「……うん」

しっかりと、うなずいて。

受け止める。

「年上のひとが、好みだったの」

「…………うん」

以上です。そう言わんばかりに、絢は小さく息をはいた。

部屋の空気は緊張どころか、かなり微妙。

あたしは、顔を覆う。

「初めて知ったなぁ……」

「今まで黙ってて、ごめん。鞠佳が私の本来のタイプじゃないって知ったら、その、いやなきもちになるかな、って思って……言えなくて……」

絢はすごく深刻そうに語っているけども。

どうしよう……。

あまりにもどうでもよくて、腹立ってきた……。

「そう言ったんだね、アスタにも……」

「ああ、うん……。だから、勘違いされたんだと思う……。あ、でもね、誰でもいいってわけじゃないんだよ。人当たりのいいひとが、いいの。私にできないことを、できる人が。だからそういう意味では、鞠佳もぜんぜんちがうってわけじゃなくて、あのね」

絢に、あたしは逆に聞きたい。

タイプじゃないと言われたら、あたしが傷ついて、絢を糾弾《きゅうだん》すると思ったのか、と。

どんな子がタイプ～？　って、女同士のコミュニティで一億回するような話じゃん……。

そうだ。絢ってこういう子だった。誠実で、そしてどこかズレてる。

「そんなこと言ったらあたしとか、明るくて優しくて、笑顔がかわいい系の爽《さわ》やかなイケメンが好みだったよ……」

そう言った途端《とたん》だ。辺りの空気がひび割れるみたいな音がした。え⁉

可憐さんがハッと息を呑《の》み、絢さんがあぜんとして、シオリさんまでも言葉を失う。

「鞠佳ちゃん、それはいくらなんでも……！」

「男の人を例に挙げるなんて、さすがに、アヤちゃんだって傷ついちゃうよ……」

「なんで⁉」

ぜんぜん意味がわからない。

絢は不都合な真実を聞いてしまったかのように、顔を曇らせながらつぶやく。

「いいんです、大丈夫です。鞠佳はそういう子だって、知っていましたから……」

「なんなの⁉　あたしと絢になんの違いが⁉」

それからもしばらく、あたしはわーわー騒いでたけれど、納得のいく答えはもらえなかった。どうせあたしは部外者ですよ！

それから少しして、可憐さんの言葉で宴会はお開きになった。

「わたしももう、ずいぶんと酔っちゃった。そろそろ、寝る準備、しましょうか」

みんなで協力してお片付けをした後に、布団《ふとん》を敷いた。

ネジの外《はず》れたお姉さん方のあられのない姿は、いよいよ教育に悪いということで、あたしと絢はそうそうに隣の部屋に隔離となったのだった。

可憐さんの寝室は、すごかった。

なんせ、ベッドが大きくて、しかも天蓋《てんがい》付きだ。フェアリーライトで飾られていて、ここだけまるでホテルやお姫様のお部屋みたい。

女の子なら、誰もが胸ときめくような寝室だった。

「未成年はこっちにお布団敷くわね。酔っ払いはあっちに雑魚寝《ざこね》させておけばいいから」

「あ、はい。すみません、ありがとうございます」

お姫様の寝室に布団を用意させてしまって、なんだか申し訳ない……。

絢もパジャマを借りて、寝間着姿。こちらはなぜかちゃんとしたサテンのパジャマで、サイズが合ってないから案の定、七分袖になってた。あたしもそれでよかったんだけども……！

隣の部屋の人たちは、まだ起きてるみたい。時折、笑い声が聞こえてくる。

ドアの隙間から薄く光が差し込む中、ひとつのお布団に、絢とふたりで潜り込む。

「…………」

背中合わせで、目をつむる。

まだまだいろいろと話したいことはあったのに、なんだか言葉にならない。

(あのね、絢)

その一言が言い出せない。

ただ、すぐそばに絢の体温を感じる。

絢の匂いがする。

……やっぱり、落ち着く。

温かなプールを漂うような安心感に身を委《ゆだ》ねてたら、あたしはいつの間にか。

眠りに落ちてたみたいだった。


直前まで、うっすらと夢を見てた。

アルバイトの延長みたいに、絢とふたりでバーにいた気がする。

目が覚めると、夢は淡く消えてた。

暗闇《くらやみ》の中、辺りを見回す。自分がどこにいるのか、一瞬わからなくなる。可憐さんの部屋だ。

辺りは電気が消えてて、濃い闇が漂ってた。今、深夜何時ぐらいだろ。同じ布団に眠ってる絢を起こさないように、ゆっくりゆっくりと体をずらす。毛布《もうふ》から抜け出て、あたしは忍《しの》び足でトイレへと向かった。

暗いリビングにも、いくつかの塊《かたまり》が転がってる。

まさしく雑魚寝の様相で、バーのカウンターでお客さん方から黄色い声をかけられる面々がソファーに横たわってる姿なんかは、妙に面白《おもしろ》かった。

なんだかんだ、同じ人間なんだな、って思う。

明日みんな、髪ぐちゃぐちゃで、ひどい顔になってそうだ。けど、そういうところを見せ合えるっていうのも、やっぱり同じバーで働いてる仲間ってことなんだろう。

ここそこ用を足してから、またリビングに戻ってくる。

さっきまでは気づかなかった。かすかな声が聞こえた気がした。

「……やぁ……だめ、だってぇ……」

……ん?

気配を探る。部屋の端っこに、ひときわ大きな塊があった。まさか。

ソファーに寝てるのはナナさんだろう。起きるとき、ベッドに可憐さんと一緒に寝てる人を寝室で見たから、きっとそれはシオリさんだと思う。ということは……。

やっぱりだ。もぞもぞしてるのは、トワさんと、アゲハさん。

ってていうかまさか……。


「……んぅ……あぁん……こんなところで、だめ、ですぅ……」

あたしはわずかに歩調を速めて寝室に戻った。

あたしはなにも見なかった。あたしはなにも見なかった。

自分に言い聞かせながら、布団に潜り込む。ついつい焦って、毛布を引っ張ってしまう。

絢が寝返りを打った。こちらに顔を向けてくる。

あたしたちは向かい合う形。絢のきれいな顔が真っ正面にあって、さっきのこともあって、なんか妙に意識してしまう。

その目が、薄く開いた。

「……鞠佳？」

「あ、ごめん……起こしちゃったよね」

可憐さんたちに聞こえないよう、紙がめくれる音よりも小さな声で、ささやく。

「ううん、鞠佳がトイレいく前から、起きてたから」

「あ、そっか……」

絢が目を見つめてくる。

「なにかあった？」

「えっ、いや、その」

顔をそらそうにも、逃げ場がない。

「トワさんと、アゲハさんでしょ」

「な、なにそれ……。みんな知ってるの？」

「気づいてないのは、たぶんアゲハさんだけ」

「みんな、なんも言わないの？」

「最初は私もびっくりしたけど、べつに。可憐さんも、よく人を呼んでるから」

「そうか……」

まあ、家主がそういうスタンスならいいのか……。大声出して周りに迷惑かけるとかじゃないもんな……。

「ごめんね」

「え？」

「なんか……うちのバーの人たちが、迷惑かけて」

「いや、それも絢に謝ってもらうことじゃ、ないし」

声が漏れないように、布団を口元まで引き上げる。絢はそれに加えて、さらに顔を近づけてきた。ドキッとする。

普段より絢がお行儀よくてかわいく見えるのは……きっと最近、アクの強い人たちとばっかり話してるからだ。

「可憐さんには話も聞いてもらったし、親身になってもらったし……」

「なんの話、したの？」

「……いろいろ。可憐さんの話とか」

あと、面倒な女になりたくない、って話とかだけど、絢に言うのは恥ずかしい。

絢は深く追及してくるでもなく、微笑んだ。

「そっか」

「うん」

月明かりすらも差し込んでこない真《ま》っ暗《くら》なお部屋で、あたしは絢の手を握る。いつもはひんやりとしてる手も、ぬくぬくと温かい。

「あたしさ、ちゃんと絢に言ってもらったのに、ごめんね」

「なにが？」

「その、バレンタインデーの後に……絢は、急にはできないけど、ちょっとずつがんばるから、って……さ」

「……うん」

絢の手を両手で握る。

「あたしさ、これからも何度も間違えるかもしんない」

「うん」

「すごく嫌だけど……絢をまた、傷つけちゃうかもしんない」

「……ん」

「けど、だけど……あたしも、がんばるから。絢のこと、すごく真剣に想ってるから。あたしに至らないところがあったら、ちゃんと改善していくから。だから、絢。これからも、あたしのそばにいて」

しばらく、絢はあたしの目を見つめてて。

まどろむ猫のように、目を細めて笑う。

「そんなのあたりまえ」

「絢……」

「ずっといっしょにいるよ。ずっとずっと、愛してる」

「うん……うんっ」

唇にキスをする。

柔《やわ》らかくて、甘くて、あたしのいちばん大好きな味。

「更衣室のこと、ごめんね」

「あれは……さすがに、鞠佳のきもちがわかっちゃったよ」

「う、だよね」

学校でムリヤリされて、最後までずっと嫌がってたときのことを思い出す。自分に置き換えてみたら、本当にひどいことをしちゃった。

「ぜったいにだめなところでされるの……すごい、興奮するよね……」

「ちがうっ」

声をめいっぱいひそめて、怒鳴る。

「しかも十日近く禁欲したあとに、だもんね……。もう、人生でいちばん、あたまがヘンになっちゃうかとおもった……」

「そ、そんなによかった……?」

「すごかった」

いつもの調子が戻ってきた絢に、思わず笑ってしまう。

「この、ヘンタイ」

今度は絢からキスをしてくれた。

つらかった心が、瞬く間に修繕されてゆくみたい。

もしかしたら、あたしたちはずっとこんなんなのかもしれない。

どこかですれ違って、から回って、ケンカして。

でもお互いのことがすごく大事だから、反省して、謝って、ちゃんと仲直りして。

あたしが絢と一緒じゃない未来なんて考えられないみたいに、絢だってあたしと一緒じゃない未来が考えられなくなってほしい。

それは重いとか、面倒だとかじゃなくて……たぶん、当たり前の感情だと思うし。

「でもね、鞠佳。私は、鞠佳にきずつけられるのは、そんなにきらいじゃないよ」

「えー……？」

「だって、鞠佳がくれたものだもの。それだって、うれしい」

どう受け取ればいいのか。

「それはちょっと、わかんないけど……。でも、やだよ。だからって、それを繰り返してたら、あたしは自分のことがいやになっちゃうもん」

「そうだね。だからね、たまにならいいからね」

「またすぐ、あたしを甘やかす……」

なんか、絢って気が短いと思ってたけど……実は、そんなことなかったりする？　あたしのほうが短気で、絢のが心広い？　いや、そんなまさか……。

うん、でも。

絢に聞いてほしいこと、まだまだたくさんあるんだよ。

例えばね。

「……ふたりのときにね、可憐さんと話したんだけど」

「うん」

あたしはぽつぽつと語る。

それは、車の中で移動してる最中のお話だった。

『鞠佳ちゃんって、アヤちゃんが初めての恋人なのよね』

『ええ、まあ』

なにかと励ましてくれるんだろうなって思ったんだけど。可憐さんはそんなの関係なく、くすくすと笑っていた。

『だったら、感じているなにもかもが初めての気持ちなのよね。ちょっと、羨《うらや》ましいな』

『えぇぇ……?』

からかわれてると感じたあたしは、やさぐれながらうめく。

『そういうの、よくないですよ、年上マウントみたいなの……高校生に嫌がられますよ……』

『ごめんなさいね。でもね、いちばん好きなおいしいお店に、誰かを連れていったら、初めて食べたときのそのリアクションって気になっちゃわない?』

『それは相手が喜ぶって、わかってることだからじゃないですかぁ』

『そうね、恋の味は一言では言い表せないぐらい、複雑だものね』

思い出す。あれは、可憐さんにとって、乳歯が生え替わったって話だったんだ、と。

可憐さんはちょっと恥ずかしがるように『んー……』と喉《のど》を鳴らしてた。

『あのね、今から話すことは、ぜんぶわたしの独り言』

『あ、はい』

謎《なぞ》の前置きが来た。

『だからね、明日なにを聞かれてもわたしは憶えてないし、鞠佳ちゃんだってその真偽を判断するのは不可能。わかった？』

『はい』

車を走らせながら、可憐さんの長い独り言が始まった。

『わたしが初めてＡＶに出たのは、それこそ大学に入ってすぐだったんだけどね。それまで、ほとんど恋だってしたことなかったの』

『あ、えっと……シオリさんから聞きました。勉強一筋の優等生だった、って』

『そうなの。なんというか、正しく生きていこうって思ってたのよね。でもそれってわたし自身がどう思うかとかじゃなくて、世間的にはきっと、こういうのが正しいんだろうなーって。ほんとは色々と、やりたいことはたくさんあったのに。今思えばもったいない話だわ』

小さなため息。

『だからね、人から見たらそうでもないかもしれないけど、わたしとしては大きな一歩を踏み出してみたつもり。事務所に書類を送って、それから一緒に企画を考えて、そうしてデビューしたんだよ』

『いや、人から見てもめちゃくちゃ大きな一歩だと思いますけど……』

あたしだったら考えられない。知らない人と、とか。いや、たとえ相手が絢だったとしても、それを大勢に見られちゃうとか。さすがに、さすがに……。

『緊張、しました？』

『実は、あんまりしなかったかなー』

『ええ……？』

『むしろね、気持ちよかったかも、今まで生きてきた自分の殻《から》を脱ぎ捨てるのって。これからの新しいわたしは、なんだってできるような気になったから。もう、なんでもかかってこい、怖いものなしだぞ、ってね』

自分の殻を破る、か。あたしにとっては、あんまり縁のない言葉だ。

どっちかというとあたしは、一枚一枚、自分の鎧《よろい》を丹念《たんねん》に磨《みが》いて、分厚くしてきたタイプだったから。作り上げたこの鎧が、あたしの個性、みたいな。

『それで、あの』

流れる夜景から目を離し、可憐さんに、その先を尋ねる。

『そのときの初めての監督が、可憐さんの恋人さん、なんですよね。よくあることなんですか？　女優と監督が付き合うこと、って』

『ないんじゃないかなあ』

可憐さんが苦笑いの声。

『っていうかね、そういうつもり、ぜんぜんなかったの、最初は。知り合って、歳もそんなに離れてなくてね。お友達になったのよ、わたしたち。それから一緒にごはん食べに行くようになって、とある機会に、体を重ねるようになっちゃって……』

なし崩し的に……と可憐さんは恥ずかしそうにつぶやいた。大人の恋愛って感じだ。

『ただね、お互いお仕事で違う人を抱いたり、抱かれたりするわけじゃない？　それでピュアな恋愛なんてありえないでしょ？　わたしはそのうち開業資金がたまったからって、また違う世界に飛び込んでいって、お互いのことなんて忘れちゃうって思ってた』

『思ってた、っていうのは』

『なぜか、そうはならなかったのよねえ……』

そこで可憐さんがしばらく間を取った。なぜかの理由を探してるみたいに。

『あの人よりかわいい子はいっぱいいたし、美人な子だって、たくさん。性の悦《よろこ》びに目覚めたばかりのわたしは、それこそ片っ端から女の子を抱きまくっていた時期で、あまりにも毎日がハッピーだったわ。元AV女優という肩書に感謝したわね』

『あ、はい』

なんか絢に似てる物言いだな……とあたしは思った。さすが絢のお師匠様だ。

可憐さんはさらに、今残ってるセフレのほとんどはその時期から付き合いのある子たちなのよ、という豆知識を付け加えてきた。ぜったいテストに出ない情報だった。

『だけど、一緒にいていちばん心地よかったのが、あの人だったの。不思議なものよねえ』

『でも、それで十年も、一緒にいるんですよね……』

十年、それはあたしにとって、まったくもって未知の世界だ。だって、まだ一年だって付き合っていないのに。十年後なんて想像もできない。

『そうね、振り返ってみれば十年も経っていたけれど……でもそれって結局、一日一日が積み重なっていった結果なのよ』

『それって』

『ええ。毎日、遊んで、笑って、泣いて、怒って、セックスして、ケンカして、仲直りして……。ほら、なんにも特別なことなんてない、普通の毎日でしょう?』

『……だけど』

それでもふたりが別れずに、一緒にいたいと思い続けたことが、奇跡みたいなことなんじゃないだろうか。

『あたしと絢にも、できるのかな……』

『できなくてもいいと思うんだけどね、わたしは』

『えっ、な、なんでですか?』

可憐さんはくすっと笑った。

『だって、そのときはそのときじゃない。新しい恋に飛び込んで、自分の殻を破ってみたら?』

『新しい恋！』

思わず大声で復唱してしまった。そりゃ、冗談で言うことはたまにあるけど、可憐さんがわざわざそんなことを言いますか⁉

『人間ってハッピーエンドよりも、バッドエンドのほうが心に強く残る生き物なのよ。叶わなかった恋なんて、その最たるものよね。つまり、鞠佳ちゃんがこっぴどくアヤちゃんを振っちゃえば、その心は一生鞠佳ちゃんのもの……』

『あたし重い女ですけど、そんなに病んではいませんから！』

もう、さっきまで真剣に聞いてたのに。

ただ、可憐さんの言いたいことはわかる。それぐらいの気分で生きていけばいい、ってことなんだと思う。できるかどうかはともかくとして。

『なんか、可憐さんの人生に比べたら、あたしの悩みって小さいんだなあって思いました』

『そう？　まだ、セフレを増やすだけ増やしていったら、顔のかわいい厄介な子に手を出しちゃって、刺されそうになった話もしていないのに』

『可憐さん……』

『あと鉄板ネタといえば、開業一年目にバーの経営がうまくいかなくて、心が病んで自殺未遂した話かしらねえ』

『可憐さん⁉』

あははと笑う可憐さん。あははじゃないんですよ。

『でも大丈夫よ。わたしは今、幸せだから。スタッフはみんな優秀、それにわたしの旅行のために鞠佳ちゃんみたいなかわいい子も手伝ってくれているんだし。これで幸せじゃないって言ったら、みんなに怒られちゃう。バーも黒字だしね』

『なによりです……』

心から安堵《あんど》した。

でも、なんというか。

『十年経ったら、あたしの今の気持ちもぜんぶ、笑い話になるんですかねえ……』

『そりゃあそうよ。なんだって笑い話に変えていかなくっちゃ』

そんな風に笑って、可憐さんが車を駐車場に止める。

『いい女ってのはね、強い女なんだから』

その一部始終を、あたしはかいつまんで、絢に話してみた。

明日になったら忘れるはずの話だけどまだ眠ってないからセーフ。だよね？

絢にもこの気持ち共有したかったんだもん。

「……ね、絢。あたしたち、十年後も一緒にいようね」

「そうしたら、ふたりで南の島にいきたいな」

「うん、ぜったい行きたい」

「……鞠佳はほんとに」

「ほんとに？」

「私の、奇跡、だよ」

「そ、そんな、大げさな……あ」

絢があたしの体を、抱き寄せてくる。

キス。それも、触れるだけじゃなくて、舌先を絡《から》め合うような。

「ん……ふぁ……」

鼻から息が抜ける。絢の舌が、あたしをとろけさせる。

きもちよすぎてやばい、これ。

「だめだよ、絢……。ここ、ひとのおうちなのに……」

「ちょっとだけ、だから、鞠佳」

「……んぅ」

かすれた声でうなずくと、絢があたしの着ぐるみパジャマの下に手を入れてきた。

お腹を撫でられる。ただそれだけのことで、声が出てしまいそうになるぐらい、きもちがいい。あるいは、他人の家で、声を漏らしてはいけないというこの状況が、あたしの興奮に拍車をかけてるのかも……。

いやいや……そんなの、ヘンタイじゃん……。

でも、絢にしてもらえるのって、それこそしばらくぶりだから……。

物音を立てないように、絢の手つきはいつもより丁寧《ていねい》で、それがまたもどかしくて。

「絢……」

「ふふ」

あたしが熱い息をはくと、絢が微笑んで唇を近づけてくる。

舌を伸ばして、ずっと、深いキスを繰り返す。

キスをしながらも、絢の手は少しずつ上がっていって、あたしの胸を揉《も》みしだく。

触れられたところが、じんじんと熱い。

「んっ……はぁ……」

もっと強く、激しくさわってほしい。そういうわけにはいかないことも、わかってるけど。

絢にもしてあげたい。でも今は、きもちよくしてほしい。当たり前みたいにあたしが『する』って選択肢が生まれてきた中で、それでも絢にしてもらうのって、格別な気分だ。

代わりに、思いの丈《たけ》をキスで伝える。きもちいいよ、きもちいいよ、って。あたしのほうから、何度も舌を伸ばす。

ずっと気持ちいいが続いていく。

真夜中、絢とふたり、同じ布団の中。

あたしが絢を大好きなように、絢もあたしのことを大好きでいてくれて。あたしがしてほしいことを、絢がしてくれて、想いが通じ合って。

これ以上幸せなことなんて、ない。

この気持ちを手放すなんて、いつまでもありえない。

「絢」

「ん」

「好きだよ」

「私も」

ぐっと体を抱き寄せられた。後ろから抱きしめられたときの密着感も好きだけど、今は絢とキスをしてたいから、正面から。

代わりに片脚をあげて、絢の腰に乗せる。

あたしの意図をすぐにわかってくれた絢が、唇を離して、聞いてくる。

「……してほしいの？」

えっちなことばっかり、察しのいい絢。

「うん……ちょっと」

「声、ガマンできる？」

「……する」

だってこのままじゃ、身体が熱くて眠れない……。

じーっとその目を見つめる。絢に思いっきり甘えるみたいに。

絢の手が下の方に伸びてきた。胸から背中、そして腰をつつつと。

これ、丁寧にしてくれてるのか、それともただ焦《じ》らされてるのか、わかんない感じ。

でもきょうは、もう、なんでもいい。あたしだって、ずっと絢に触れてほしかったんだから。

どんな意地悪だって、いいよ。絢がしてくれることだったら。

絢のゆびが下着の線をなぞる。もうちょっと、あとちょっと。

不意に叫んじゃわないように、喉をぎゅっと締めつける。

下着の中に、手が入ってきた。

最初は、するするとおしりを撫でられる。

胸への刺激だけでもうたまらなくなっちゃってるのに、絢はまだあたしをぐつぐつにするつもりみたいだった。

久しぶりの上に、こんなにさ。絢の『ごめんね、おわびにきもちよくしてあげるからね』って心の声が、触れたところから伝わってくるみたい。

だからってやりすぎて、あたしがおかしくなっちゃっても、知らないからね。

おしりの皮膚をとんとんとされて、振動が内側の、前のほうに響いてくる。あ、やだ、これだけでもじんわりときもちいい……。

身体がほしがりすぎて、少しの刺激でも反応しちゃう。最後にしたのも、ふたりで横になって一緒に触り合ったときだったのに……あのときと、ぜんぜん違う……。

このあとの期待が膨《ふく》らむごとに、同じぐらい不安が大きくなってきた。

だめだめ、近くのベッドに人が寝てるんだから……。ちゃんと、ちゃんと声は我慢しなきゃ。ただ、ここがあるいはふたりきりのホテルだったら、あたしはそれこそ泣き叫ぶみたいな声を出してたかもしれない。

ふたりの唇にかかる唾液《だえき》の橋のように、理性はもう途切れかけ。

おしりへの愛撫《あいぶ》で、あたしの下半身は熟し切った果物《くだもの》みたい。指でつつかれたら、果汁がにじんできそうなほど、極《きわ》まってる。

絢の手、きもちいい。絢の手、きもちいい。

キスはずっと、絶え間なく。絢の熱い吐息《といき》をすって、絢に熱い吐息をはきだして、あたしたちの間で、酸素と二酸化炭素が巡ってゆく。

ほんとにあたしたちの身体、ひとつになっちゃったみたい。女の子同士だって、そう願えば、信じれば、ひとつになれるんだ。ぜったいに、そうだよ。

ちゅうぅと、強く絢の舌を吸った。して、してして、絢。めちゃくちゃにして。あたしのこと、きもちいいことしかわかんなく、して。

あたしの言葉にならない懇願が伝わって、絢の手がゆっくりと、前に回り込んできて。

ついに、待ちわびた瞬間。

たぶん、抵抗なんてなんにもなかったんだと思う。にゅるりと入り込んできたゆび。まるであたしの脳がそのままかき混ぜられたみたいに、音が弾《はじ》けた。

「っ～～～～……」

イッ……っちゃった。

仕方ないけど、こんなに早く。やらしいなんて、思わないで、絢。えっちなのだって、きもちいいのだって、ぜんぶ絢だからなんだよ。

あたしをあやすように、絢の舌がやわやわと動く。きもちよかった？　よかったね。大好きだよ、落ち着くまで待っててあげるね。そう言われてる気がした。

快感の波は、いつもより二倍も三倍も後を引いた。いつも以上にきもちよかった。

ようやく、呼吸が整ってきた。絢の舌をぺろりと舐《な》めると、それに応じて、またゆびが動いてきた。

さっきよりは、まだこらえられる。そう思ったのも一瞬のこと。実際は、また一分も経たずに頭を真っ白にされた。

これ、なにこれ。あたしの身体、おかしくなっちゃった……？

自分の意思が入り込む隙間は、少しもない。こうされたらこうなっちゃうっていう、なにもかも絢の指先ひとつ。

落ち着いて、達して、落ち着いたら、また達しちゃって。

もう自分がどうなってるのか、わからない。

上下左右もない水の中を、たゆたってるかのよう。

絢はあたしのほしいものをぜんぶくれる。

意識が薄らいでゆく。身体がとろけてゆく。ここはまるで、光の世界だ。

絢、大好きな絢。

あたしはいつの間にか気を失ってしまった。

それはきっと、一生のうちで何度も味わえるものじゃないぐらい、幸せな眠りだったんだと思う。

心地よいぬくもりに抱かれながら、幸せに包まれて、あたしは本当に大切なことを、思い出していた。

そっか、絢。あのね、あたし、わかっちゃったかも。


人にはたくさんの楽園がある。

それは家庭だったり、学校だったり、職場だったり、あるいはバーだったり。

バーで働いて、いろんな人たちと出会って、あたしの世界が広がってさ。

それで、わかったんだ。

あたしにとっての楽園って、結局、もしかしたら絢の隣なのかなって。

いちばん楽しくて、いちばん自分らしくいられて、いちばん幸せなのは、絢と一緒のときだから。それで今回、いろいろと迷惑かけちゃったり、寄りかかっちゃったりもしたけど……。

自分の楽園を守るために、みんなきっとがんばってるんだね。

だったらあたしだって、絢のためにできることをしたいよ。もう自分がどういうキャラだからとか、言い訳しないでさ。

見ててね、絢。

＊＊＊

翌朝。誰かが寝室を出る気配で、目を覚ました。

布団に眠ってるのは、あたしひとり。体を起こすと、ベッドにも誰もいなかった。

リビングに行く。ただ、そこはまだ薄暗い。

さらに玄関へ向かうと、可憐さんと絢の向こう側、ちゃんとした格好に着替えたシオリさんが玄関に立ってた。みんなが振り返ってくる。

「あ、ごめん、起こしちゃった？」

「鞠佳」

「いえ……。シオリさん、先に帰るんですか？」

寝ぼけ眼《まなこ》のあたしは、見ればわかることをありのまま口に出す。

「うん、実はきょうも祝日出勤なのでして」

おどけて笑うシオリさん。その笑顔は、あたしが十年かけても手に入るかどうかわからないぐらい、魅力的に見える。

絢のタイプは年上の女性、かあ……。

でも、あたしだって。

「シオリさん、絢とのこと、誤解しちゃっててごめんなさい」

「え、ぜんぜん、ぜんぜん！　こっちこそなんかごめんね。女子高生同士の恋愛にかかわっちゃうなんて、まだまだ私も隙だらけって感じで、むしろお恥ずかしい」

「ただ」

あたしは見えないようにぎゅっと拳《こぶし》を握って、生意気なことを言った。

「もう大丈夫ですから、あたし、もっともっと絢を夢中にさせるので、もう誤解とかしないようにしますから。だから、そういうことでよろしくお願いします！」

あたしは絢の年上にはなれないけど、絢の好みをねじ曲げてやるぐらいのことは、できる。

あたしの好みが、絢によって変えられちゃったみたいに。

「ちょ、ちょっと……そんな言い方、鞠佳……」

「いいじゃない、鞠佳ちゃん、その意気よ」

絢が焦って、可憐さんが面白がって。

そして肝心のシオリさんは、ニマーっと笑ってた。

「な、なんですか」

「いやー。女子高生にライバル視してもらうのも青春って感じで嬉しいんだけど、一応、言っておこうかなーって思って」

するとシオリさんは左手の薬指にはまった指輪を見せてきた。

……あれ⁉

「バーでそんなの、つけてましたっけ……？」

「飲食だから、そりゃ外しているよ。というわけで、私はパートナーがいらっしゃいますので。

あ、オーナーと違って浮気もしないからね」

「あら、わたしは本命がいっぱいいるだけよ」

あたしは絢を振り返る。絢は恥ずかしそうに顔を赤らめて、うつむいてた。

「……実際、絢ってシオリさんのこと、どう思ってるの？」

「本人に言うのは、そうとう恥ずかしいけど……」

絢は「あー、うー」と珍しい顔でうなってから、ため息をついて、そして口を開いた。

「だから、私はシオリさんを尊敬してて……」

「……それって、推《お》し、みたいな？」

絢は小さくこくんとうなずいた。

思い出してみれば、絢の態度は最初から、まるでアイドルに出会ったファンのようだった。

うーーん、推しかあ…………。だったら、釣り合わないって思うのも、まあ、当たり前だったのかもなあ……！


シオリさんを見送った後、あたしたちはリビングに戻った。

「なんかあたし、ずっと空回ってたんだな……」

「ごめんね、鞠佳……。次からちゃんと、言葉にできるように、がんばるね」

「そうだね、がんばろ……。あたしも、シオリさんみたいに絢に推してもらえるように」

絢が「私は生涯、鞠佳の単推しだよ」とつぶやいた。単ではないくせに。拗ねる。

ただ、シオリさんに限らず、可憐さんはもちろんのこと、バーで一緒に働いたトワさんやナナさん、アゲハさんにモモさんも、みんなそれぞれあたしなんかの物差しじゃまだ測れないぐらいに、自分の人生を生きてる大人って感じがした。

人に尊敬されたり、推してもらうためには、あたしもちゃんとあたしの人生を生きていかなきゃね。

そんな刺激をもらえた十日間だった。

寝てる人たちを起こして、軽く朝ご飯にして解散かな、といったところで。

あたしはぴたりと立ち止まった。

「……ん?」

ソファーに横になってた女性が、ゆらりと身を起こす。

大きく伸びをしたその女性は、トワさんだった。

「ん〜〜……おはよー」

「あ、おはようございます」

あれ……なんか、違和感がある。

「わ、かわいいワンちゃんじゃん。お手〜」

「いや、しませんよけど……」

いつまでパジャマでいじってくるんだ、トワさん。って違う、そうじゃなくて。

「トワさんって、ずっとソファーで寝てました?」

「ん? うん。なんで?」

「いや、特に意味はないんですが……」

あたしは押し黙った。ちらりと視線をリビングに向ける。すると、部屋の隅っこ、ちょっと離れたところにぽつんぽつんと、浮島みたいに毛布にくるまってる影ふたつ。

……昨夜のあの声ってまさか、トワさんとアゲハさんではなく……。

「絢」

「うん？」

「あたしやっぱり、大人って全然わかんないわ」

ちゃんと、あたしはあたしの人生を生きよう。あんまり影響されすぎないように。

汚れた大人たちの中、改めて誓うのであった。

エピローグ

というわけで、十日間のアルバイト生活が終わり、日常に戻ってきた榊原鞠佳《さかきばらまりか》さんは、さっそく弱音をこぼしてた。

「日常、つらい」

きょうはひときわ風が強く、奥多摩《おくたま》、秩父《ちちぶ》からの花粉《かふん》が首都圏で猛威《もうい》を振るってた。

一説によると、十代の三人にひとりが花粉症《かふんしょう》って話らしいんだけど……。なんであたしの周りには、花粉症の子がいないんだろう……。誰《だれ》とも花粉症あるあるを共有できたことがない。

ホームルーム前の学校で、あたしは孤独を嚙《か》みしめてた。

例によって、机に花粉症対策グッズを並べてると、知沙希《ちさき》が登校してくる。

「もう、なんか祭壇《さいだん》みたいだな、ここ」

「結界を張れる力がほしい」

「今年は巫女《みこ》のバイトするか?」

「神社ってなんか山の味方ってイメージあるんだけど……」

ずびーと洟《はな》をすする。目がかゆい。

春は我慢《がまん》の季節だ。夏も汗のケアで気を遣《つか》うし、冬は寒くても根性で肌見せしたいし。秋だけだ、あたしは秋に住みたい。

スマホで秋だけの国を検索してると、絢《あや》と悠愛《ゆめ》がやってきた。

「おっはよー。お、まりかバイト終わったんだって？　どうだったー？」

「んあー」

「うわ、隙《すき》だらけじゃん……」

あたしは背筋を伸ばして、ふたつ結びの髪を指で梳《す》く。

「おはよう！　悠愛、絢！」

太陽みたいな百点満点の笑顔を見せつける。悠愛が「うーん美少女」と褒《ほ》め称《たた》えてくれた。よろしい。

で、バイトの話か。

「いやー、すごかったよ。お客さんも、一緒に働いてるお姉さん方もめちゃくちゃキャラ濃くてさ。十日だけなのになんか、あたしもすっごい大人になった気がする。どう？」

「どうと言われても」

「少なくとも見た目は変わってないな」

「ま、違いを見極《みきわ》められる目がないと、わかんないもんなー」

ふふふと大人っぽく笑う。悠愛と知沙希は『なに言ってんだこいつ』の顔をしてた。

まあ学校だから、あんま特定されるような話はできないけどね。でも、どうなんだろ。新宿のビアンバーで働いてましたって言ったら、職員室に呼び出されるのかな。やばそう。

「そんなこと言ったら、アヤなんて、一年の頃《ころ》から働いてるんだろ」

「うん」

「あーそうだよねー。あややってめちゃめちゃ大人っぽいもんねー」

知沙希と悠愛の意見には、あたしも同感。完全に踏み台にされたのは、腹立つけども！

そんでもって、学校で四人集まるのも久しぶりだ。やっぱこのメンバーだと、落ち着く。

くだらないことを話してるうちに、教室には登校してきたクラスメイトが増えてゆく。

「榊原、おはよー！」

「おはよう、夏海《なつみ》ちゃん」

「鞠佳、おっはよ」

「ああ、玲奈《れいな》、おはよ」

二年のときから引き続きの子。一年のときに同じクラスだった子。三年生になって同じクラスになって、話すようになった子。

どの子ももちろん顔見知り。いうなれば、常連みたいな子たち。

だから楽しい。学校はあたしの居場所。

そう、思ってた。

でもさ、あたしたちはみんな成長してゆくし、環境だって変わってく。ていうか元はといえば、あたしは自分が楽しく過ごせるために、学校で自分のキャラを変えてったわけで。人気者になったのだって、そうすべきだって思ったからじゃない。そのほうが、あたしが楽しかったからだ。なのにいつしかあたしは、そのこと自体に囚《とら》われてたんだと思う。今回、広い世界に触れて、それがわかった気がする。

なにが居場所かなんて、そんなのこれだって決めつけるようなことじゃない。

だからさ、あたしは――。

「おはよ～！　鞠佳ちゃん、知沙希さん！　それと」

朝から元気よくやってきた頼永柚姫《よりながゆずき》ちゃん。彼女が視線を向けるも、悠愛と絢はあたしたちの席を離れていこうとする。

三年生になってから、いつもの光景。だけど。

「待って、絢。それに、柚姫ちゃんも」

絢を引き留めて、さらに朝から抱きついてこようとする柚姫ちゃんを制止する。

いつもよりちょっとだけシリアスなあたしの声に、なんとなく辺りが静まる。悠愛や知沙希も、あたしのほうを注視してた。どこかおかしな空気が流れる。

空気はまだまだ大事。だけど、それってぜんぶあたしと、あたしの周りの人たちが楽しむためのもの。空気を大切にしすぎて、空気に振り回されるんじゃ意味ない。

自分で決めたルールにがんじがらめになるなんて、絢との禁欲生活だけでじゅうぶん。

あたしは、はっきりとした意思をもって告《つ》げる。

「あのさ、ごめんね、柚姫ちゃん。あたし、そういうのやめることにしたんだ」

「そーゆーのって?」

どこか不安げな顔をする柚姫ちゃんを、別に傷つけたいわけじゃない。突き放すつもりもない。ただ伝えたいだけ。だから声色《こわいろ》にはちゃんと気を遣って、表情を作って。

「なんか、ボディタッチとかそういうの」

「あっ、ごめん、くすぐったい?」

「そうじゃなくてさ」

胸に手を当てて、あたしは空気を従えるみたいに。

毅然《きぜん》と言い放った。


「あたし、絢と付き合ってるから」


だから、絢が嫌《いや》な気持ちになりそうなことはしたくないんだ、って。

あたしはそう言った。柚姫も、周りにいた悠愛や知沙希、それにクラスメイトの子たちが一様にびっくりしてた。そして、絢もまた。

胸に当てた手を下ろし、あたしは微笑《ほほえ》んだ。
「そういうわけだから、ごめんね」
あたしは変わってゆく。
望めばきっと、世界だって変えてゆける。
絢に出会って、恋に落ちたその日から、ずっと。
あたしの楽園に咲き続けてる大切な花を、守りたいって思ってるから。
これからも、見ててね、絢。
絢の手を取って、笑いかける。
「ね、絢」
春の嵐《あらし》はまだまだ、止みそうにはなかった。
今、教室に吹くのは、あたしが巻き起こした風だ。

あたしの居場所は絢の隣だから。絢のそばならどこだってあたしらしくいられる。
そのために、三年生になった今、大幅なキャラ変を乗り越えて、それでもあたしは最高の居場所を作ってみせる。

それがあたしの、今年の目標だ。

【書き下ろし短編】

百日間で徹底的に落とされた女の子に、重い感情を向け続けている女の子のお話

ARIOTO

onnadoushitenin ARIENAIDESYO to iharuonnanoko wo hyakunichikan de TETTEITEKINI otosu yuri no ohanashi

これは、榊原鞠佳《さかきばらまりか》がクラスで爆弾発言を炸裂《さくれつ》させる、その少し前のお話。

カフェに、三人の女の子が集まっていた。

「というわけで、これから女子会を始めます！」

口火を切るのは、抹茶《まっちゃ》ラテのカップを掲《かか》げた悠愛《ゆめ》である。

「私、学校ぬけだしたのも、授業サボったのも初めて」

絢《あや》は、戸惑ったようなぼんやりとした顔をして、ホットのブラックコーヒーを口に運ぶ。

午後の授業が始まる寸前。当たり前のように授業の準備をしてたところで、悠愛に声をかけられたから、なんとなくついてきたのだけど。

「あややを不良にさせちゃったね……」

「学校サボったことは何度かあるよ」

「さすがの北沢《きたざわ》女子！」

個性の強い女子が集まることでおなじみの北沢高校において、絢も例外ではない。

そもそも、テストの点数がいいから勘違いされがちだが、絢は決して優等生ではない。むし

ろ協調性もなく、行事への積極性も皆無だから、どちらかというと不真面目《ふまじめ》な生徒である。

それでも先生たちになにも言われないために、絢は成績を維持している。よい成績は七難を隠してくれる。人間性で評価されるより百倍マシだ。

そして最後のひとりは。

「ひゃー！　ドキドキしちゃうね！　他のみんなが授業してる間に、私たちだけお茶してるとか、ワルじゃんね～！」

ほとんど会話したこともない相手。伊藤夏海《いとうなつみ》であった。

彼女のことは、鞠佳から聞いたことがある。クラスの重要ポジションにいる発言権の強い女子ということで、絢はしばらくの間、警戒していたものだ。

「なっつんを交えて、きょうはあたしとあやや で、恋人の不満を暴露しようと思います」

「えっ⁉　私はなんで⁉」

「視聴者、かな……」

「なるほど！　ポテトチップス買ってくればよかった！」

カフェのテーブルで袋を広げてたら、さすがに追い出されると絢は思う。いや、平日の昼間っから堂々と制服着てる三人組も、大概だろうけど。

「でも……」

絢は口ごもる。

少し前、夏海の恋の顛末《てんまつ》については、一部始終を鞠佳から聞いていた。それによると、夏海の恋は叶《かな》わなかったというではないか。

だったら、そんな夏海の前で恋人の話をするというのも、デリカシーに欠《か》ける行いじゃないかと絢は思う。

しかしそこで、悠愛が指を振った。

「そうじゃないんだよ、あやや。なっつんが失恋したとかそういうのは、関係ないんだよ。なぜなら、なっつんはね……恋バナが、大好きなんだよ！」

「……そうなの？」

問いかける。すると夏海は神妙にうなずいた。

「私は……好きだ……恋バナが……」

どうしてそんな情感たっぷりに。

「その上、女の子と付き合ってる女の子の話を聞くのは、さらに好きなのだ……」

「そうなんだ」

だったらうちの店に来ればいいのに、と思う。思うだけで言うわけではないが。

夏海は、絢と鞠佳が付き合っていることも、悠愛と知沙希《ちさき》が付き合っていることも知っている。だとしたら、まあ、聞き役としてはいい人選なのかもしれない。

とはいえ。

「こいびとの、不満……？」

つまり、鞠佳の不満。

悠愛が意外そうに目を剝《む》いた。

「なにその『私に不満はなにもないけど』みたいな顔は！」

「いや、さすがにゼロってわけじゃないよ」

「ですってよ、なっつん」

「危なかったね！　あんな完璧《かんぺき》美少女の榊原が、恋人としても百点満点だったら、私もうこれから榊原サマって呼ばなくちゃいけなくなっちゃうね！」

絢は榊原鞠佳と付き合っている中で、いちばん不満に思っていることをぶちまけた。

「優しすぎるところ、かな」

悠愛と夏海は、机に突っ伏した。

「なんだよそれ……少女漫画かよ……」

「初めて聞いた……。恋人が優しすぎて困《こま》るって、初めてナマで聞いた……！　微塵《みじん》も手加減のない百パーセントののろけじゃん……」

さすがの絢も恥《は》ずかしくなって、目を伏せる。

「でも、それぐらいしかないし」

「例えば？」

「え？」

テーブルに頬杖《ほおづえ》をついた悠愛が、据わった目で問い詰めてくる。

「優しすぎるって、どういうところが⁉　例えば、どういうところ⁉」

「ええと」

夏海もまた、『早く新鮮な恋バナを頂戴《ちょうだい》』と目で訴えてきてる。

妙に急《せ》かされる気配を感じつつも、絢は口を開く。

「どこにいっても、なにをしてても、いつも私のことを気遣《きづか》ってくれるし」

「うっ！」

悠愛が胸を押さえた。

「私は人見知りすることも多いんだけど、そういうときには鞠佳が進んで前にでてくれるから、すごく守ってもらってるな、って思うし」

「ぐっ！」

夏海が顔を覆《おお》った。

「だからお礼にって、私が鞠佳のためになにかをすると、その何倍もきもちを返してくれるし。このままじゃ私がなんでももらってばかりだから、鞠佳が優しすぎて困る」

ふたりはしばらく動かなかった。

絢は小首を傾《かし》げ、それからまた口を開く。

「あとは、かわいすぎるところとかも、困る」

「もういいよッ！」

悠愛が叫《さけ》んだ。

「もうじゅうぶんだよ！　ふたりがラブラブなのは伝わったよ！」

「えっ……私あと十年聞いていられるんだけど……」

「十年はちょっと。そんな時間があるなら鞠佳といっしょにいたいし」

「もういいよぉー！」

絢の最後の一言はさすがにわざとである。

「なんだよ！　クラスであれだけ人気があって、恋人としても非の打ち所がないって！　そんなデキすぎの人間がいるわけないだろうー！」

「人間ガラスの靴みたいな北沢高校一の美少女である不破《ふわ》さんに、そこまで言わせるとか、本気で榊原サマじゃん……」

ここ最近、鞠佳以外の同世代とのコミュニケーションを放棄してきたため、ノリがよくわからない。居心地《いごこち》も、いいやら悪いやら。

ただ、鞠佳が愛されているのは嬉《うれ》しいし、それに、少しだけ楽しくなってきた。

「私も気づかなかったけど、不満だらけだったね」

「あたしのちーちゃんだって優しいし！　でもそういうことじゃなくて！」

悠愛がうなる。

「学校で最近、あたしたちがないがしろにされてるじゃん……！」

「ああ」

やはりその話だったか。

「あー、なんか距離遠くなっちゃってるよね。どーして？」

夏海が尋ねてくる。どう答えようか悩んでる間に、悠愛がぜんぶ説明してくれた。

「うちのグループに最近加入した頼永柚姫《よりながゆずき》さんが、ちーちゃんとまりかにベタベタしてるから、あたしたちはストライキしたんだよ」

「そういうことだったのかー」

「だいたい、おかしいじゃん！　百歩譲って恋人ってのを置いといても、一年生から一緒の大親友より、三年生で知り合ったやつを優先する⁉　って話！」

「でも」

絢が口を挟むと、悠愛ににらまれた。それで黙るような性格ではないのだが。

「別に、頼永さんは悪いことしてないよ」

柚姫は少し距離感がおかしいかもしれないけれど、鞠佳と知沙希を人懐《ひとなつ》っこく気に入っているだけだ。打算の気配も、感じない。

実際、グループの外から見てた夏海は気づかなかったわけだし。

「私たちが嫌《いや》だからしないで、っていうのは、さすがに無理があると思う」

「えー⁉　あやや物わかりよすぎー！　嫌いってちゃんと言ってたじゃん！」

「きらいはきらいだけど」

確かに、昔はもっとちゃんとカミングアウトしてほしいって、鞠佳に迫っていた気がする。

それがなぜ、今みたいになってしまったのか。諦《あきら》めた、のだろうか。

「そう、なのかも」

「それって？」

尋ねてくる夏海に、絢は少し考えてから口を開く。

「私は、鞠佳にきらわれるのが、こわいんだと思う」

思った以上に、重みのある答えになってしまった。

けど、言葉にしてみると、それはその通りな気がしてくる。

鞠佳のことはずっと大切だった。付き合えるなんて思ってなかったから本当に嬉しかったし、その気持ちは今も変わらない。

でも、鞠佳との時間を積み重ねるごとに、鞠佳を失った後を考えるのが怖くなった。意地悪をして機嫌を損ねて、万が一があったらと思うと、怖い。

だから最近の自分は、鞠佳の前でことさら物わかりがいいのかもしれない。

本当は、悠愛の言うように、自分を優先してもらいたい。

だけど……。

「言えないんだよね、なんか最近、そういうの」

健全じゃないことなのかもしれないけど、もともと、健全な恋愛なんてしたことがなかった。なにが健全なのかなんて、わからない。

「私のきもちって、きっと、鞠佳のよりも重いから。あんまり、押しつけたくない」

そう言った途端《とたん》だ。

「あやや〜〜〜！」

「わ」

悠愛が腕に絡《から》みついてきた。それ、柚姫さんがいつもやってることと一緒なんだけどいいの？　って思ったけど、悠愛は悠愛で自分を棚上げしてるのかもしれない。

「めっちゃ女の子じゃん、あやや！」

「不破さん……すごい、すっごく、恋してるんだね……！」

「ええと……まあ、そうかな……？」

改めてふたりに言われると、さらに恥ずかしくなってきた。

自分の気持ちを言語化するのは、もともと得意じゃないのに。

「でも私だって、口ではこう言っているけど、実際そのとおりできているのかっていうと、そうじゃなかったりもするから」

鞠佳を困らせたり、無茶を言ったり、暴走したり。そんなことは茶飯事《さはんじ》だ。

本当に都合の良い女になることなんて、できやしない。

「そりゃそうだよ！　あたしたちは女の子なんだもん！　意思があるんだもん！」

「でもね、不破さんのさっきの言葉、すっごく切なくて、胸がキュンキュンしちゃったよ！」

「は～！　まりかのやつ、あややを泣かせたら承知しないんだからな！」

「もーぜったい許《ゆる》さないよね！　こんなに不破さんが、榊原のこと想《おも》ってるのにさあ！」

まるで肉親のごとく味方になってくれるふたりに、絢は戸惑いながらも、少しだけ嬉しくなった。

「ありがとう、ふたりとも。でも、私はだいじょうぶだよ。鞠佳はいつだって優しくしてくれるから、すごく幸せだよ」

「って、言ったそばからのろけてるじゃん⁉」

「はー、ふたりには永遠に幸せになってほしいなー！　これから十年百年一億年！」

そんなことがあって、それから。

鞠佳には、鞠佳の居場所があるから、それを大切にしようと決めていて。

そのために、できるだけ鞠佳の邪魔はせず、あるいはふたりで一緒にいるときに優しくしてくれたら、それだけで自分は心から幸せだと思っていた。

ごまかしや、嘘《うそ》じゃない。ただ、これ以上を求めるのは、贅沢《ぜいたく》だ。

なのに――。

「――鞠佳」

トイレへ向かおうとしていた鞠佳を、廊下で呼び止める。

さっきはあまりの衝撃に、声をかけることもできなかった。

「うん？」

鞠佳は自然体で振り返ってくる。そこには、動揺も困惑もない。

ただ、意志の強い瞳《ひとみ》が輝いていた。

「さっきの、あれ」

教室での、カミングアウト。

「あーうん」

ただ少しだけ恥ずかしそうに、鞠佳が笑う。

「勝手にあんなこと言って、ごめんね。先に一言、絢に言っておけばよかったのかもしれないけど、でもなんか、相談したら相談したで、ヘンにギクシャクしちゃいそうでさ」

「それは」

もし相談されたら、絢は止めていただろう。別に私のためだったら、もうカミングアウトなんてしなくていいよ。私は今のままでもじゅうぶんに幸せだよ、と。

してくれたら嬉しいと思ってても、口ではそう言ってしまうだろう。

もしかしたら、鞠佳もそれがわかっていたのかもしれない。だから、勝手に。

「……嬉しいけど、でも」

「絢」

凛《りん》とした声で、鞠佳が自分の名を呼んでくる。

「無理してるわけでも、意地張ってるわけでも、ブチキレたわけでもないよ。これはね、ちゃんと、あたし自身のためだから」

「……それは」

「今のままじゃ、あたしが嫌だったの。せっかく絢と同じグループになって、そして離ればなれになって、学校でキャラ保って。でもそれって、なんか優先順位バグってない？　って」

私は鞠佳のキャラが好きだよ、って。なんだか先ほどから、鞠佳の言葉をやんわりと否定する台詞《せりふ》ばかり思い浮かぶ。

だから絢は黙って、鞠佳を見つめていた。

「うん、だからね、言っちゃうことにした。でもね、なんでだろうね。あたし、いける気がしたんだよね。今なら、別に大丈夫《だいじょうぶ》なんじゃないかなって。バーで揉《も》まれたからかな？　いやー、あたしってほんとに影響されすぎちゃうんだよなあー」

おどけて笑う鞠佳に、絢は少しだけ眉《まゆ》を下げる。

「でも」

これから、鞠佳の学校での立ち位置は大きく変わることになるだろう。絢にだってわかる。好奇心が鞠佳の周りを取り巻いて、しばらくは悪い意味で騒がしい日々が続くことになる。

『そんなことするメリットなくない？』と、いつか鞠佳に言われた言葉が頭に蘇《よみがえ》る。

なのに。

「任せてよ、絢」

鞠佳はにっこりと笑った。

それは乳歯が永久歯に生え変わったばかりのような、強い女の子の笑顔だった。

「あたし、もっとすごいところを見せて、絢のこと、徹底的に落としてやるつもりだから。こんなんじゃ終わらないよ。もっともっとびっくりさせてあげる。これから一生かけてね。これはまだ、その道の途中だから、余裕で乗り越えてみせるって」

どこか可憐さんにも似た、その笑顔に射貫《いぬ》かれて。

「……ここが学校じゃなかったら」

「なかったら？」

絢もまた、嬉しそうに微笑《ほほえ》んだ。

「今すぐ鞠佳のこと、抱きしめてあげたい」

「帰ったら、いくらでもね」

学校の廊下、人通りのある場所でそんなことを口にして、ふたりは笑い合った。

これから先、大きな困難が待っていることがわかっていても、ふたりならきっと乗り越えられると信じている。

鞠佳の笑顔が、絢をそう信じさせてくれたのだった。

あとがき

ごきげんよう、みかみてれんです。

このたび『女同士とかありえないでしょと言い張る女の子を、百日間で徹底的に落とす百合《ゆり》のお話』こと『**ありおと**』の5巻を手に取ってくださって、ありがとうございます。

新学年にあがって、高校三年生。環境や心が変化していきながらも、鞠佳《まりか》と絢《あや》の日々は続いていくんだよ、という感じのお話でした！

では今回も、ネタバレナシで、5巻についてあれこれ語っていこうと思います。

1：新学年

初の試み！　急にトピック分けしました。それではお手元に配られたプリントをご覧《らん》ください。（ない）

鞠佳たちが高校三年生になりました。6月から始まった物語なので、5巻かけて十ヶ月。約三百日ですね。**もうタイトルから三倍経ってる……**。

三年生といえば、そろそろ将来のことを考える時期ですよね。なので鞠佳たちは将来のことを考えています。考えて偉《えら》いなあ……！
　新入学生が入ってきたり、あるいはクラス替えで新メンツが増えたり、学年があがるってい
ろんな出会いもありますね。
　ところで皆《みな》さんは好きですか？　どうですか？　春。
　割とポジティブに受け止められることの多い春ですが、鞠佳はどうもそうじゃないみたいで
すね。いちばんパワーが必要な季節に、いちばんパワーを奪《うば》われている鞠佳、かわいそう。

2：可憐《かれん》さんのバー

　さて、5巻といえば、可憐さんのバー『Plante à feuillage』が舞台です。
　Plante à feuillageはフランス語で観葉植物。可憐さんが百合を見守ることが大好きでつけた
名前……ではなく、日々の生活に疲れたお姉さん方がほんの少しでも心を休むことができる観
葉植物のような存在でありたい、という願いが込められています。
　そんなバーに勤《つと》めるたくさんのお姉さん方が大集合の巻。2巻の絢視点のお話にもちょこ
ちょこ出てきたり、3巻で名前だけ出ていたバーテンダーたちが賑やかな物語を紡《つむ》ぎます。
　同人版の頃からずっと、設定だけはあった子たちなので、タイミング的にも鞠佳の変革期と
なるこの5巻で描くことができて嬉《うれ》しいです。
　クセの強い面々なので、ひとりでも好きになってもらえたらいいなあ、の気持ちです。

ちなみに余談《よだん》ですが、この機会にとバーについていろいろと取材をしたり、勉強し直したのですが、最終的に資料の9割9分は使わず、わたしの頭の図書館に収まる結果となりました。いつものことなのですが、ありおとは鞠佳の一人称小説なので、鞠佳の知り得ないことは知らないのです。**鞠佳、この世のありとあらゆる叡智《えいち》を手に入れてくれ。**

3：書き下ろし回

ちょっと話は変わりますが、大人と子供の違いって、なんでしょう。

経済的に自立していること。単なる年齢。視野の広さ。感情がコントロールできること。いろんな意見がありますよね。どれも正しいとわたしは思います。

ありおとでは『自分の行動に、責任を取れるかどうか』についてを、主に描いています。

もちろん、鞠佳はまだまだ未成年。なので、すべてを鞠佳が責任を取ることはできません。しかし鞠佳が『ここは自分の戦場！』と思って覚悟を決めている場所に関しては、きっと彼女なりのケジメの取り方をするのだと思います。それが少しずつ大人になってゆく、ということなのでしょう。少しずつ大人になって鞠佳は偉いなあ！

さて、三年生編の1巻目ともなる今回から、ついに商業版の書き下ろし。誰も知らない（わたしも知らない）未知の鞠佳と絢の物語となりました。

最終的になんだかすごいことをしでかした鞠佳ですが、むしろ本番は次回かもしれません。

そんなわけで！　ぜひぜひ第6巻も楽しんでもらえるように、がんばります！

それでは謝辞《しゃじ》です。

緜《わた》先生、今回もとてつもなく美麗《びれい》なイラスト、ありがとうございます！　いつもと雰囲気《ふんいき》の違うバーテンダー姿の表紙を、しかし鞠佳と絢のイメージをそのままに、パーフェクト・ラブリー・キューーティストな感じで描いていただけました。いやー、口絵3の鞠佳と絢がやばいんだこれがほんとにすごい。イラストレーターさんはすごいなあ！

また、担当のねこぴょんさん、さらにこの本を作るために関わってくださった多くの方々、心からありがとうございます。今回は皆様に締め切り的な意味でご迷惑をおかけいたしました。6巻こそなるべく早めにお届けできるように、日々がんばります……！

そしてなによりも、この本をお手にとってくださった方や、この本を売るためにがんばってくださった書店員の方々に、大きな感謝を。

かやこ先生の描く『ありおとコミカライズ』はマンガUP！さんで連載中！　鞠佳と絢がマンガで読めて大丈夫⁉（※**大丈夫じゃなかった！**）でおなじみのマンガです。

また、ガルコメのもう1シリーズ、**わたなれ**のほうも現在4巻まで発売中。この本が発売される頃は、きっと締め切りに追われていることでしょう……。一ヶ月後のわたし、がんばれ！

それでは、またどこかでお会いできますように！　みかみてれんでした！

ファンレター、作品の
ご感想をお待ちしています

〈あて先〉

〒106－0032
東京都港区六本木2－4－5
SBクリエイティブ（株）
GA文庫編集部 気付

「みかみてれん先生」係
「繇先生」係

本書に関するご意見・ご感想は
右の QR コードよりお寄せください。

※アクセスの際や登録時に発生する通信費等はご負担ください。

https://ga.sbcr.jp/

女同士とかありえないでしょと言い張る女の子を、百日間で徹底的に落とす百合のお話5

発　行　　2022年1月31日　初版第一刷発行
著　者　　みかみてれん
発行人　　小川　淳

発行所　　SBクリエイティブ株式会社
〒106－0032
東京都港区六本木2－4－5
電話　03－5549－1201
03－5549－1167（編集）

装　丁　　FILTH

印刷・製本　中央精版印刷株式会社

ISBN978-4-8156-1138-5
Printed in Japan
GA文庫

試読版は
こちら!

試読版は
こちら!

お隣の天使様にいつの間にか駄目人間にされていた件5.5

著：佐伯さん　画：はねこと

GA文庫

自堕落な一人暮らし生活を送る高校生の藤宮周と、〝天使様〟とあだ名される学校一の美少女、椎名真昼。

関わるはずのなかった隣人同士、ふとしたきっかけから、いつしか食事をともにするようになっていた。

ぶっきらぼうななかに、細やかな気遣いを見せる周と、よそ行きの仮面でない、自然な笑みを浮かべられるようになった真昼。惹かれ合っていく二人の過去といま、そして彼らを取り巻く折々を描く書き下ろし短編集。

これは、甘くて焦れったい、恋の物語――。

試読版は
こちら!

ひきこまり吸血姫の悶々７

著：小林湖底　画：りいちゅ

GA文庫

長き歴史を誇る国「天仙郷《ようせんきょう》」。だが、その皇帝は気力を失い、丞相《じょうしょう》の専横によって王権は衰え、姫であるアイラン・リンズは丞相と結婚させられることが決まっていた。このままでは国が丞相に乗っ取られてしまう。追い詰められたリンズは、コマリに助けを求めるのだった。

「結婚してほしいの」「はぁぁぁぁ!?!?!?!?!?」

丞相と対決して結婚を阻止してほしいというのだ。ほかに頼るべき味方のいないリンズを救うため、コマリは天仙郷へと乗り込んでいく。

だが、丞相の専横の裏では、さらに恐るべき陰謀が進行していた……。国を、姫を救うため、コマリが神秘の天仙郷を駆け抜ける！